In liebevoller Erinnerung

Mariana van Tankeren

Summer unser Licht

Impressum

Druck:
Libri Plureos GmbH,
Friedensallee 273,
22763 Hamburg
ISBN: 978-3-8192-7975-1

Verlag:
BoD · Books on Demand GmbH
Überseering 33
22297 Hamburg
www.bod.de

Kapitel 1: Ein Traum wird wahr

Ich bin Mama von zwei wundervollen Söhnen – zwei kleinen Wirbelwinden, die mein Herz Tag für Tag mit Leben füllen. Mein Alltag war erfüllt von Liebe, Lachen und manchmal auch Chaos. Fast hätte ich sagen können, ich sei vollkommen glücklich. Und doch gab es da diesen einen, zarten Wunsch, der nie ganz verschwunden war: der Traum von einer kleinen Tochter. Eine kleine Prinzessin, die mein Herz auf ihre ganz eigene Weise erobern würde. Als Marc in mein Leben trat, veränderte sich vieles.
Er brachte Ruhe in mein Chaos, Zuversicht in meine Zweifel und Liebe in mein Innerstes.
Unsere Beziehung war von Anfang an besonders.
Er war nicht nur mein Partner, er wurde schnell ein fester Bestandteil unseres Familienlebens. Er begegnete meinen Söhnen mit einer natürlichen Herzenswärme, als wären sie seine eigenen. Sie liebten ihn – und ich auch. Und doch war da in mir eine leise Zurückhaltung, ein Teil, der sich nicht ganz öffnen wollte. Vielleicht war es die Angst, erneut verletzt zu werden. Vielleicht waren es alte Wunden aus meiner Vergangenheit, die nie ganz geheilt waren. Wir genossen unser frisches Glück, unsere gemeinsame Zeit und die neue Leichtigkeit, die Marc in mein Leben brachte. Wir teilten Hobbys, lachten viel und sprachen offen über unsere Wünsche. Auch über gemeinsame Kinder irgendwann vielleicht. Es war nichts Konkretes, eher ein zartes Gedankenspiel. Doch das Leben hatte bereits einen anderen Plan.

Eines Tages, etwa eineinhalb Jahre nach Beginn unserer Beziehung, bemerkte ich erste Veränderungen an meinem Körper. Ein Ziehen, ein anderes Gefühl – als würde sich etwas in mir anbahnen. Ich machte einen Schwangerschaftstest. Negativ. Eine Woche später wieder. Wieder negativ. Und kurz darauf setzte meine Periode ein. Ich hakte das Thema ab. Es war wohl nur eine hormonelle Spielerei. Doch mein Bauchgefühl ließ mich nicht los.

Einige Wochen später griff ich erneut zum Test. Und dieses Mal erschien er: der zweite Streifen. Zart, aber eindeutig.

Und für einen Moment brach in mir eine Welt zusammen.

Ich war überfordert. War es zu früh? War ich bereit? Mein kleiner Sohn Ian war noch so wild, so klein, so fordernd – und brauchte mich doch so sehr. Und Marc? Würde er sich freuen?

Die Antwort kam schneller, als ich erwartet hatte.

Marc strahlte über das ganze Gesicht, als ich es ihm erzählte. Er sprang auf, rief Freunde und Familie an und verkündete die frohe Botschaft mit unbändiger Freude. Seine Begeisterung war so ehrlich, so tief – dass sie mich schließlich mitriss. In diesem Moment wusste ich: Wenn Marc an meiner Seite ist, kann ich alles schaffen.

Wir schaffen das – gemeinsam.

Die ersten Schwangerschaftswochen waren geprägt von starker Übelkeit und Stimmungsschwankungen.

Doch wir hielten durch. Mit jedem Tag wuchs unsere Vorfreude.

Ian legte oft seinen Kopf auf meinen Bauch, sprach mit dem Baby und verkündete stolz jedem, der es hören wollte: „Da ist das Baby drin!" Es war, als hätte er schon gespürt, wie besonders dieses neue Leben sein würde.

In der 14. Schwangerschaftswoche saß ich aufgeregt im Behandlungszimmer meiner Frauenärztin. Wir hofften, das Geschlecht zu erfahren. Nach einigem Hin und Her beim Ultraschall sah sie mich an, lächelte und sagte die Worte, die mir Tränen in die Augen trieben: „Es wird ein Mädchen." Ich konnte es kaum glauben. Mein Herz schlug schneller, und ein Sturm der Gefühle brach in mir los. Sollte mein Traum wirklich wahr werden?

Eine Tochter? Eine kleine Prinzessin? Von diesem Moment an lebten wir in einem rosa Rausch. Jedes Detail wurde geplant, jedes Kleidungsstück mit Liebe ausgesucht. Ich stellte mir vor, wie sie mit ihren Brüdern aufwächst. Beschützt von zwei starken Jungen, und doch ihren ganz eigenen Weg geht – wild, frei und voller Licht. Die Schwangerschaft verlief weitgehend problemlos. Summer war etwas kleiner als erwartet, weshalb der Geburtstermin mehrmals korrigiert wurde. Doch Sorgen machten wir uns keine – Marc und ich waren selbst keine Riesen, und das Baby war gesund. Ich trug sie über den errechneten Termin hinaus. Am 13.10.2011 – bei 40+5 – wurden bei einer Routineuntersuchung schlechte Herztöne festgestellt. Die Klinik entschied: Es ist Zeit für die Geburt.

Wir fuhren nach Hause, packten unsere Tasche und machten uns auf den Weg.

Ich erhielt ein Zäpfchen zur Einleitung, dann hieß es warten. Am Nachmittag folgte die nächste Dosis – die Wehen begannen. Der Tag verging, die Nacht brach herein. Gegen 22 Uhr wurde Marc nach Hause geschickt. „Da passiert heute nichts mehr", sagte man. Zuhause warteten bereits Sandra, meine beste Freundin, und ihr Mann Nils mit Ian. Eine gute Entscheidung, wie sich zeigen sollte. Denn gegen 3 Uhr weckte ich meine Bettnachbarin mit meinem leisen Weinen. Ich konnte kaum noch stehen, gekrümmt vor Schmerz. Sie rief eine Hebamme und begleitete mich in den Kreißsaal. Die Hebamme reagierte zunächst genervt – „Wir haben doch gesagt, da passiert heute nichts mehr." Doch ein kritischer Blick auf mich genügte, um ihre Haltung schlagartig zu ändern. Nach einer kurzen Untersuchung sagte sie: „Wir rufen Ihren Partner an – aber er wird es nicht mehr rechtzeitig schaffen." Und sie sollte recht behalten. Wenige Minuten später, begleitet von kleinen, starken Schreien, kam meine Tochter zur Welt. Summer. Mein kleines Wunder. Mein wahr gewordener Traum. Fünf Minuten nach ihrer Geburt betrat Marc das Zimmer – überwältigt, gerührt, verliebt. In das kleine Mädchen, das unser Leben für immer verändern würde. Ian ging voll und ganz in seiner Rolle als großer Bruder auf. Für ihn war sie sofort „seine" Summer. Mit kindlicher Hingabe sprach er mit ihr, brachte ihr Spielzeug, küsste ihren kleinen Kopf und erklärte voller Stolz jedem, der es hören wollte: „Das ist mein Baby."

Kapitel 2: Ein gelebter Traum

Die ersten Wochen mit Summer vergingen wie im Flug.
Alles fühlte sich magisch an – als hätte uns das Leben ein
ganz besonderes Geschenk gemacht.
Sie war ein zauberhaftes kleines Mädchen: zart, neugierig,
voller Sanftheit und doch mit einem Blick, der uns spüren
ließ, dass in ihr ein starker kleiner Geist wohnte.
Schon kurz nach der Geburt begannen wir, sie nicht nur zu
lieben – sondern zu bewundern.
Ihre Art, uns mit den Augen zu suchen, ihr kleines Seufzen
beim Einschlafen, das zufriedene Glucksen, wenn wir sie
hielten – all das ließ uns jeden Tag aufs Neue staunen.
Auch wenn sie oft unter schmerzhaften Koliken litt und
wir viele Stunden mit ihr durch die Wohnung liefen, auf
dem Arm wippend, beruhigend summend – sie war ein
dankbares Baby. Manchmal schaute sie uns mitten in der
Nacht mit diesen klugen, tiefen Augen an, als wolle sie
sagen: „Danke, dass ihr da seid." Wir verliebten uns jeden
Tag ein bisschen mehr in sie. Es war nicht einfach nur
Liebe – es war eine tiefe, fast ehrfürchtige Verbindung.
Ihre winzigen Finger, die sich um unsere legten.
Der feine Duft ihres Köpfchens, wenn sie sich an uns
kuschelte. Ihre Nähe heilte Wunden, von denen wir gar
nicht wussten, dass sie noch offen waren.Und auch Jason,
mein ältester Sohn aus meiner ersten Beziehung, schloss sie
sofort in sein Herz. Er lebt aufgrund der engen Bindung zu
seinem Vater nicht dauerhaft bei uns, aber bei jedem seiner
Besuche strahlte er, sobald er Summer sah.

Zwischen ihnen entstand eine stille, liebevolle Verbindung – wie zwischen Seelen, die sich schon ewig kannten.

Summer war ein echter Sonnenschein. Sie lachte viel, freute sich über jede Zuwendung, liebte es zu toben, zu kuscheln und einfach dabei zu sein. Wenn man sie auf den Arm nahm, schmiegte sie sich an, als wäre sie genau dort angekommen, wo sie hingehörte. Ihr Wesen war sanft, aber lebendig – neugierig und klug.

Sie beobachtete genau, nahm alles in sich auf und schenkte jedem, den sie mochte, ein kleines Stück Licht.

Bis sie sechs Monate alt war, lief alles wie im Bilderbuch. Unsere kleine Familie wuchs zusammen, die Tage waren laut, liebevoll, chaotisch – und voller Glück.

Doch dann wurde Summer krank. Es begann harmlos: mit ein wenig Fieber und Weinen. Anfangs dachten wir an einen kleinen Infekt, eine Erkältung vielleicht. Die Kinderärztin untersuchte sie, konnte jedoch nichts feststellen. Wir gaben ihr Fiebersaft, hielten sie im Arm, flüsterten beruhigende Worte, blieben nachts wach.

Doch das Fieber stieg weiter.

Nach zwei Tagen war keine Besserung in Sicht, und wir fuhren erneut zum Arzt. Wieder wurde sie untersucht – wieder ohne Ergebnis. Unsere Sorge wuchs mit jedem weiteren Tag. Summer war kaum wiederzuerkennen: matt, erschöpft, weinerlich – und so heiß, dass es sich anfühlte, als würde ihr kleiner Körper brennen. Wir versuchten zwei verschiedene Fiebersäfte im Wechsel, doch nichts schlug an.

In unserer Verzweiflung fuhr Marc mit ihr in die Klinik. Dort kam endlich die Erklärung – und mit ihr die Erleichterung: Summer hatte eine schwere Mittelohrentzündung, die von der Kinderärztin übersehen worden war. Man erklärte uns, dass Entzündungen in den winzigen Gehörgängen von Babys oft schwer zu erkennen seien. Wir waren erleichtert, aber auch frustriert. Hätten wir auf unser Bauchgefühl gehört, hätten wir ihr vielleicht ein paar Tage Leid ersparen können. Nach zwei Tagen Antibiotikum kehrte das Lächeln in ihr Gesicht zurück. Unser fröhliches, leuchtendes Mädchen war wieder da. Und wie sie zurückkam! Mit einem Glitzern in den Augen und einer Lebensfreude, die uns alle mitriss. Sie entwickelte sich rasch. Wir begannen mit der Beikost – erst vorsichtig, dann immer neugieriger. Summer schmatzte begeistert und versuchte schon bald, uns den Löffel aus der Hand zu nehmen. Kurze Zeit später fing sie an zu krabbeln – und nichts war mehr sicher. Einmal mobil, war sie nicht mehr zu bremsen. Alles wurde erkundet, alles untersucht, alles mit einem breiten Grinsen in Beschlag genommen. Ian, unser Wildfang, hatte in ihr den perfekten Spielpartner gefunden. Gemeinsam lachten, tobten, kletterten und kugelten sie durchs Wohnzimmer, durch das Kinderzimmer, durchs Leben. Sie ergänzten sich auf eine Art, die uns als Eltern oft sprachlos vor Glück machte. Summer bewunderte Ian, folgte ihm überall hin – und er passte auf sie auf, als wäre es seine wichtigste Aufgabe auf der Welt.

Unser Zuhause war nicht immer ordentlich. Nicht immer leise. Nicht immer planbar. Aber es war voller Leben. Voller Lachen. Voller Liebe.

Und inmitten all dessen war sie: unsere Summer – das kleine Mädchen, das unser Leben mit einem einzigen Atemzug heller gemacht hatte.

Kapitel 3: Das Leben nimmt seinen Lauf

Mit zwölf Monaten machte Summer ihre ersten wackeligen Schritte – ein Moment voller Stolz, Staunen und Rührung. Ihr Lächeln dabei war breiter als je zuvor, fast so, als hätte sie selbst gespürt, wie groß dieser Schritt ins Leben war. Von da an gab es kein Halten mehr. Unser kleiner Wirbelwind wirbelte durch die Wohnung, erforschte jeden Winkel, erklomm jedes Sofa, bemalte jede erreichbare Wand – und das nicht nur mit Stiften, sondern gern auch mal mit Joghurt oder Pudding.

Sie tobte, lachte, kreischte vor Freude – sie war ein leuchtender kleiner Vulkan voller Energie und Lebenslust. Ihr Bewegungsdrang war nicht zu bremsen, und mit jeder neuen Entdeckung schien sie mehr in ihrer kleinen Welt aufzugehen. Doch während sie motorisch große Fortschritte machte, bemerkten wir gleichzeitig, dass sich in anderen Bereichen nicht viel veränderte – oder zumindest nicht so, wie wir es erwartet hatten. Mit zunehmendem Alter fiel uns auf, dass Summer sich anders entwickelte als andere Kinder in ihrem Umfeld. Besonders beim Essen war sie auffällig wählerisch. Neue Geschmäcker und Konsistenzen schienen sie zu überfordern oder gar zu ängstigen. Sie hielt sich an das, was sie kannte – mit einer Entschlossenheit, die für ihr Alter fast schon bemerkenswert war. Am meisten beunruhigte uns jedoch ihre Sprachentwicklung. Während Gleichaltrige begannen, Worte zu formen, erste Sätze zu sprechen oder Tiere zu benennen, blieb es bei Summer bei wenigen, vereinzelten Lauten. Manchmal sagte sie „Ja" oder „Nein", doch es wirkte ungerichtet – eher wie ein Klangspiel als gezielte Kommunikation. Unsere Kinderärztin beruhigte uns bei jedem Besuch aufs Neue: „Jedes Kind hat sein eigenes Tempo. Warten Sie ab." Und wir wollten ihr glauben. Wir wollten glauben, dass alles gut war. Also warteten wir. Hofften. Beobachteten. Doch dann kamen Verhaltensweisen hinzu, die uns aufhorchen ließen. Summer wurde schreckhaft, geradezu panisch, wenn es an der Tür klingelte. Selbst vor vertrauten Menschen wie ihrer Oma oder ihren Onkeln bekam sie plötzlich Angst, klammerte sich an uns, versteckte sich oder fing an zu weinen. Es war, als hätte sich ein unsichtbarer Schutzschirm um sie gelegt, durch den kaum jemand durchdringen konnte – außer wir, ihre engste Familie. Wir suchten Rat und begannen mit Frühförderung.

Für Summer war das ein großer Einschnitt. Neue Räume, neue Gesichter, fremde Stimmen – und all das auf einmal. Sie wurde regelrecht ins kalte Wasser geworfen.

Der Anfang war schwer, begleitet von vielen Tränen und Rückzug. Doch mit der Zeit schien sie etwas Vertrauen zu fassen. Nicht viel, aber genug, um vorsichtig neugierig zu werden. Trotzdem blieb sie skeptisch – vor allem gegenüber Erwachsenen, besonders gegenüber Männern. Auch sprachlich veränderte sich kaum etwas. Sie lernte „Mama" und „Papa", doch nutzte die Worte nicht zielgerichtet.

Und doch erinnere ich mich mit tränenden Augen an den Moment, an dem sie mir zum Muttertag zum ersten Mal bewusst „Mama" sagte.

Es war nur dieses eine Wort – aber es war wie ein ganzes Gedicht. In diesem einen „Mama" lag alles: Liebe, Verbundenheit, Stolz. Ich ahnte nicht, wie bedeutungsvoll dieses kleine Wort in Zukunft noch für mich sein würde.

Dann kam der Tag, der alles veränderte. Summer stand – wie so oft – mit leuchtenden Augen vor dem Fernseher, wo gerade ein Barbie-Film lief. Sie war vollkommen versunken, bewegte sich nicht, starrte gebannt auf den Bildschirm. Ian, ihr großer Bruder, schlich sich lachend an sie heran, um sie zu erschrecken. Mit einem lauten „Buh!" sprang er hinter ihr hervor – doch sie reagierte nicht.

Kein Zucken, kein Lachen, kein Erschrecken. Gar nichts. Sie blieb einfach stehen. Als hätte sie ihn nicht bemerkt.

Ich sah Marc an, und in mir zog sich etwas zusammen.

„Sie hat ihn nicht gehört", sagte ich leise. Und da wussten wir: Etwas stimmt nicht. Wir suchten sofort unsere Kinderärztin auf, die uns diesmal in ein spezialisiertes Zentrum überwies. Dort stellte man Paukenergüsse und Polypen fest – mögliche Ursachen für eine Hörminderung. Uns wurde erklärt, dass Flüssigkeit im Ohr das Hörvermögen deutlich beeinträchtigen könne, besonders bei kleinen Kindern. Ein Termin zur OP wurde angesetzt, um die Polypen zu entfernen und die Paukenergüsse zu behandeln. Die Vorstellung, unsere kleine Maus in Vollnarkose zu sehen, schnürte uns die Kehle zu.

Auch wenn es nur ein Routineeingriff war – für uns war es eine Zeit voller Ängste. Summer, unsere kleine Kämpferin, meisterte die OP tapfer und wurde noch am selben Tag nach Hause entlassen.

Doch richtig erholt wirkte sie nicht. Sie weinte, wollte nicht essen, wirkte, als hätte sie starke Schmerzen.

Wir fragten nach – in der Klinik erklärte man uns, dass es bei der Intubation zu Komplikationen gekommen war. Ihr Hals sei verletzt worden, weil ihr Kehlkopf bereits stark vernarbt war. Dieses Detail ließ viele Fragen offen – doch wir konzentrierten uns auf ihre Genesung. Nach etwa einer Woche ging es ihr besser. Sie lachte wieder, spielte und wir schöpften neue Hoffnung: Vielleicht war jetzt der Wendepunkt erreicht. Vielleicht würde sie nun anfangen zu sprechen. Vielleicht war alles nur eine vorübergehende Phase. Doch diese Hoffnung erfüllte sich nicht. Weitere Hörtests waren nötig, doch Summer ließ sich kaum darauf ein. Die Nähe fremder Menschen, vor allem Ärzte, war ihr unangenehm. Schließlich wurde entschieden, eine BERA – eine Hirnstammaudiometrie – unter Narkose durchzuführen. Dies war die einzige Möglichkeit, eine verlässliche Diagnose zu bekommen. Das Ergebnis war eindeutig: 60 Prozent Hörverlust auf beiden Ohren. In diesem Moment fühlte es sich an, als würde uns der Boden unter den Füßen weggezogen. All unsere Sorgen, Zweifel, Beobachtungen – sie ergaben nun ein klares Bild. Unsere Tochter hatte von Anfang an die Welt nur zur Hälfte gehört. Es war ein Schock – aber auch eine Erleichterung.

Endlich hatten wir Gewissheit. Endlich wussten wir, womit wir es zu tun hatten. Summer bekam Hörgeräte und wurde in einem Kindergarten für hörbeeinträchtigte Kinder aufgenommen. Die neue Umgebung, in der sie sich nicht erklären musste, in der andere Kinder ähnliche Herausforderungen hatten, gab uns Hoffnung.

Eine Hoffnung, die uns durchdrang wie Licht in einem dunklen Tunnel. Wir wussten, dass der Weg nicht einfach werden würde. Aber wir wussten auch, dass Summer diesen Weg nicht allein gehen musste. Wir waren bei ihr – mit jedem Schritt, jedem Hindernis, jeder Entdeckung. Und vor allem: mit unendlicher Liebe.

Kapitel 4: Der erste Engel

Als Summer etwa vier Jahre alt war, wurde deutlich, dass sie sich in vielen Dingen nicht so zurechtfand wie andere Kinder in ihrem Alter. Sie war oft reizüberflutet, zog sich zurück, weinte schnell und wenn man sie aus ihrer kleinen Welt herausholen wollte, reagierte sie oft mit Angst oder lautem Protest. Für andere schien sie unzugänglich, schwer einschätzbar für uns war sie einfach unser besonderes Mädchen. Damit sie im Kindergartenalltag nicht unterging, sondern die Unterstützung bekam, die sie brauchte, wurde ihr eine Integrativhelferin zur Seite gestellt. Ein Mensch, der ausschließlich dafür da war, ihr Sicherheit zu geben, sie im Alltag zu begleiten und zu fördern. Ihr Name war Jil – und sie wurde der erste Engel in Summers Leben. Wir erinnern uns noch gut an diesen Wendepunkt. Es war ein großer Schritt für uns als Eltern, unser Kind loszulassen – sie einem Umfeld zu überlassen, das oft hart und wenig verständnisvoll sein konnte. Doch Jil kam mit einem offenen Herzen. Und das spürte man vom ersten Moment an. Während viele im Kindergarten unsere Tochter mit einem sorgenvollen, oft sogar abwertenden Blick betrachteten, als sei sie "zu schwierig", „nicht richtig", war Jil anders. Sie begegnete Summer mit einem warmen Lächeln, mit Geduld, Respekt und echtem Interesse. Für Jil war Summer kein „Problemfall", sondern ein kleines, einzigartiges Wesen, das einfach seine eigene Sprache sprach – eine Sprache, die man nur mit dem Herzen verstehen konnte.

Jil nahm sich Zeit. Sie lernte Summers Eigenheiten kennen. Sie verstand ihre Körpersprache, wusste, wann Summer Rückzug brauchte und wann sie Nähe suchte.

Ihre ruhige, liebevolle Art beruhigte nicht nur unser Kind, sondern auch uns. Denn plötzlich war da jemand, der unsere Tochter sah – wirklich sah. Jil wurde nicht nur ihre Begleitung, sie wurde ihre Vertraute. Und mit jeder Woche wuchs zwischen ihnen eine Verbindung, die tiefer ging als das, was Worte beschreiben können. Summer begann, Jil zu vertrauen – auf ihre ganz eigene stille Weise.

Sie legte ihre kleine Hand in ihre, lehnte sich an sie, schaute sie mit ihrem unverwechselbaren, intensiven Blick an, der manchmal mehr sagte als jede Sprache.

Und auch Jil – das spürten wir – war von Summer berührt. Es war, als hätte dieses kleine Mädchen mit all ihrer Stille und all ihrer Unsicherheit eine Seite in ihr berührt, die besonders empfänglich für das Leise, das Verletzliche, das Echte war. Noch heute ist Jil ein Teil unseres Lebens. Sie wurde nicht nur zu einem Engel für unsere Tochter, sondern auch für uns. Wir sind ihr unendlich dankbar, für all die Stunden, in denen sie da war. Für ihr Vertrauen, ihre Hingabe, ihre unermüdliche Geduld. Für den Mut, Summer so zu sehen, wie sie wirklich war – und nicht, wie die Welt sie haben wollte. Doch wie so oft im Leben kommt es anders, als man es sich wünscht. Aus privaten Gründen musste Jil ihren Job aufgeben. Und mit ihr ging ein ganzes Stück Sicherheit aus Summers Alltag verloren.

Eine neue Integrativhelferin wurde ihr zugeteilt – doch diese war häufig krank oder gar nicht erst da. Wenn sie anwesend war, blieb sie zurückhaltend, distanziert, fast fremd. Eine echte Beziehung entstand nie.

Für Summer war das ein tiefer Einschnitt – und für uns Eltern ein weiteres Puzzleteil in einem zunehmend schwierigen Alltag. In dieser Phase begannen sich auch Summers Verhaltensweisen zu verändern. Ihre Sprache blieb weiterhin auf einem sehr einfachen Niveau. „Mama", „Papa", ein „Ja" oder „Nein" – mehr kam selten.

Die Worte, so schien es, waren für sie keine Mittel zur Kommunikation, sondern Emotionen, die sie in bestimmten Momenten aussprach. Gleichzeitig suchte sie immer mehr Halt in bestimmten Ritualen und Gegenständen. Besonders wichtig waren ihr vier kleine Plastikteller in den Farben Rot, Gelb, Grün und Blau. Sie mussten immer bei ihr sein – und sie mussten immer exakt gleich gestapelt werden: Rot nach ganz oben.

Ein kleines Symbol der Ordnung in einer Welt, die für sie oft chaotisch und schwer verständlich war. Auch ihre weiche, abgenutzte Kuscheldecke war ihr heilig. Beide Dinge waren Geschenke ihrer Patentante – meiner besten Freundin – und wurden zu ständigen Begleitern. Manchmal hielt sie die Decke ganz fest an sich gedrückt, als wäre sie ein Schutzschild gegen die Reize der Welt.

Zunehmend wurde uns klar: Wir waren noch nicht am Ende unserer Diagnosereise angekommen. Da war noch mehr, das man verstehen musste.

Doch anstatt Unterstützung zu erhalten, begegnete uns im Kindergarten zunehmend Ablehnung.

Es hieß, Summer sei zu anstrengend, zu auffällig – sie würde den Gruppenalltag stören. Schließlich fiel sogar der Satz, sie sei eine Gefahr für andere Kinder.

Diese Worte schnitten tief in unser Herz. Als würde man sie nicht als kleines, schutzbedürftiges Kind sehen – sondern als Belastung. Man legte uns nahe, Summer aus dem Kindergarten zu nehmen. Eine Alternative wurde uns zwar genannt – ein heilpädagogischer Kindergarten mit spezieller Betreuung. Doch die Wartezeit?

Zwei Jahre. Zwei Jahre, in denen unsere Tochter ohne Förderung, ohne sozialen Anschluss, ohne Struktur sein sollte? Es war ein Albtraum. Und dann kam der Tag, an dem man uns mitteilte, dass Summer den Kindergarten verlassen müsse. Ich werde diesen Moment nie vergessen – die Kälte in der Stimme, den Mangel an Empathie in den Worten. „Auch wenn es sehr traurig ist, dass Ihre Tochter todkrank ist – sie muss den Kindergarten verlassen." Diese Sätze bohrten sich in unsere Seele. Sie klangen nicht wie eine Sorge um unser Kind – sie klangen wie ein Urteil.

Zu diesem Zeitpunkt kannten wir bereits ihre Diagnose. Wir wussten, dass das Leben mit unserer Tochter kein einfacher Weg werden würde. Aber das man sie ausgrenzte – ausgerechnet dort, wo sie doch eigentlich am besten aufgehoben sein sollte – das tat weh.

Kapitel 5 – Die Diagnose, die alles verändert

Als Summer 4 Jahre alt war, wurden wir zu weiteren Abklärungen ins Sozialpädiatrische Zentrum (SPZ) geschickt. Dort begegneten wir einem zweiten Engel in unserem Leben – auch wenn uns das damals noch nicht bewusst war. Die Untersuchungen und Tests, die folgen sollten, waren für uns alle eine große Herausforderung, denn Summer war nicht besonders kooperativ und zog sich oft zurück. Schließlich wurde beschlossen, ein MRT ihres Kopfes durchzuführen. Die Vorstellung, unsere kleine Tochter erneut in Narkose zu legen, erfüllte uns mit großer Angst und Sorge. Was, wenn das Ergebnis schlimmer ausfällt als erwartet? Trotzdem waren wir entschlossen, die Wahrheit herauszufinden – wir wollten endlich den Beweis, dass unsere Tochter nicht „faul" oder „unerzogen" war, wie es uns immer wieder von Außenstehenden unterstellt wurde. Das MRT verlief zum Glück gut, und Summer erholte sich schnell. Doch die Auswertung des MRTs brachte eine weitere Hiobsbotschaft: Eine Gehirnentwicklungsverzögerung wurde diagnostiziert. Obwohl wir anfangs dachten, dass dies zwar schwerwiegend, aber nicht das Ende der Welt sei, spürten wir doch eine tiefe Traurigkeit.

Wir versuchten uns einzureden, dass Summer vielleicht kein Professor werden würde, aber dennoch ein glückliches, selbstbestimmtes Leben führen könnte. Das war unser Wunsch, unser Traum für sie – ein Leben voller Liebe, Freude und Zufriedenheit.

Doch eine leise innere Stimme sagte uns, dass dies nur der Anfang einer noch längeren, schwereren Reise sein würde.Während unserer Zeit im SPZ trafen wir viele verschiedene Ärzte. Einer von ihnen, eine ältere, sehr ruppige Ärztin, sollte sich später als unser zweiter Engel herausstellen. Summer hatte vor ihr große Angst, und wir konnten anfangs nicht verstehen, warum sie so grob wirkte – sie griff mehrfach in Summers wilde Haare, was uns irritierte. Doch nach einiger Zeit erkannten wir, dass ihr Verhalten Teil ihrer intensiven Bemühungen war, Summer zu helfen. Nach einem langen Gespräch äußerte die Ärztin ihren Verdacht und schlug vor, eine Stoffwechseldiagnostik durchzuführen, um eine mögliche Ursache für Summers Symptome zu finden. Blut wurde abgenommen, und erneut begann das quälende Warten auf Ergebnisse. Eines Tages klingelte das Telefon. Die Stimme am anderen Ende teilte uns mit, dass bei unserer Tochter eine Stoffwechselerkrankung diagnostiziert wurde und ein Aufklärungsgespräch folgen würde. Ich war wie erstarrt. Ich erzählte Marc davon, der mich fragend ansah: „Welche Krankheit?" Ich musste passen, wusste nichts Genaueres. Also griff Marc zum Telefon und rief im Krankenhaus nach. Man sagte ihm, Summer habe Mukkopolysaccharidose Typ 3B – kurz MPS – und man werde sich mit uns für ein ausführliches Gespräch in Verbindung setzen. Wer kennt das nicht? Kaum hat man den Namen einer unbekannten Krankheit gehört, stürzt man sich sofort ins Internet, um mehr zu erfahren.

Wir taten genau das – mit zitternden Händen und klopfendem Herzen. Und dann lasen wir den Satz, der uns wie ein Schlag in die Magengrube traf: „Die Lebenserwartung liegt etwa im Pubertätsalter."

Meine Welt brach zusammen. Sollte meine kleine Prinzessin wirklich so schwer krank sein?

Sollte sie nie erwachsen werden, nie ihre Träume leben? Fragen wirbelten in meinem Kopf – Warum wir?

Was hatten wir falsch gemacht? Wie konnte das Schicksal so grausam sein? Die ersten Tage nach der Diagnose waren die schwersten meines Lebens. Ich konnte kaum sprechen, ohne in Tränen auszubrechen. Doch je mehr wir über MPS lasen, desto mehr verstanden wir: All das, was wir an Summers Verhalten, ihrer Entwicklung, ihrer Art gesehen hatten – die Schwierigkeiten im Kindergarten, ihre Unruhe, ihre Essensvorlieben, die fehlende Sprache und das nicht Trockenwerden – all das hatte nun einen Namen. Und damit auch eine Erklärung.

Das Aufklärungsgespräch kam bald darauf. Obwohl wir inzwischen gut informiert waren, wurde uns bewusst, wie viel Arbeit und Herausforderung noch vor uns lag. In einer Stoffwechselambulanz trafen wir eine junge Ärztin, die uns offen und ehrlich erklärte, dass bei Summers genetischer Konstellation mit einem schweren Verlauf der Krankheit zu rechnen sei. Sobald die Krankheit ihr „typisches Gesicht" zeige, werde sich alles sehr schnell verschlechtern. Diese Worte schnürten uns die Kehle zu. Wie recht sie hatte.

Nach einem humangenetischen Gutachten war die Diagnose endgültig bestätigt.Wochenlang kämpften wir damit, diese Realität zu akzeptieren.

Doch schließlich fassten wir einen Entschluss: Wir wollten jeden einzelnen Tag so leben, als wäre es unser letzter – für Summer, für uns als Familie.

Diese schwere Krankheit war keine Strafe – wir waren davon überzeugt, dass Summer uns bewusst ausgesucht hatte. Sie war unser Geschenk, unser Schatz, der uns auf die härteste, aber auch kostbarste Weise lehrte, was Liebe wirklich bedeutet. Und so beschlossen wir, die Krankheit anzunehmen – und gemeinsam das Beste aus jedem Moment zu machen, den uns das Leben schenkte.

Kapitel 6: MPS und alles, was damit verbunden ist

Was macht man, wenn man plötzlich vor einer Diagnose steht, die einem den Boden unter den Füßen wegzieht? Wenn man zwar aufgeklärt wurde, einen Namen für das hat, was das eigene Kind so besonders macht, aber trotzdem in einem Nebel aus tausend Fragen steht?

Man sucht. Nach Antworten, nach Halt, nach Menschen, die einen verstehen. So stießen wir auf eine Facebookgruppe für Familien mit Kindern, die ebenfalls an MPS erkrankt waren. Ein kurzes, freundliches Gespräch mit der Gruppenleiterin genügte, und wir wurden in die Gemeinschaft aufgenommen. Anfangs beobachteten wir viel still. Wir lasen Beiträge, Erfahrungsberichte, kleine und große Alltagsgeschichten – und begannen langsam zu begreifen, was uns bevorstehen könnte. Es war wie ein Fenster in eine Parallelwelt. Plötzlich waren da Menschen, die nicht nur theoretisch wussten, was los war, sondern die jede Angst, jede Unsicherheit und jede schlaflose Nacht kannten, weil sie sie selbst durchlebten. Diese Gruppe wurde für uns ein Anker. Zwischen all den Schicksalen fanden wir Mut, Trost und eine Art Zugehörigkeit, die uns zuvor gefehlt hatte. Wir tauschten uns aus, bekamen wertvolle Tipps, fühlten uns verstanden. Doch so tröstlich diese Verbindung war, sie war auch unendlich traurig. Immer wieder lasen wir von Familien, deren Kinder ihren Kampf gegen MPS verloren hatten.

Mit jedem dieser Schicksale wurde uns ein Stück mehr bewusst, dass auch wir irgendwann an diesem Punkt stehen könnten. MPS ist eine Erkrankung, die einem das eigene Kind langsam nimmt – nicht plötzlich, sondern schrittweise, in Phasen, die alles andere als leicht zu ertragen sind. Und Summer durchlief sie alle.

Wir wussten dank der Erfahrungen der anderen, was theoretisch auf uns zukam. Doch das Wissen schützte uns nicht vor dem Schmerz, wenn es tatsächlich so weit war. Die Krankheit raubte ihr mit der Zeit Fähigkeiten, die sie sich mühsam erarbeitet hatte. Erst sprachliche Rückschritte, dann Unruhe, später die Nächte, die zu Tagen wurden. Sie war oft wie ein Wirbelwind – immer in Bewegung, immer auf der Suche, nie zur Ruhe kommend. Und wir? Wir versuchten mitzuhalten, obwohl wir oft nicht mehr konnten. Hinzu kamen praktische Probleme. Summer war längst zu groß für handelsübliche Windeln, und es war klar: Wir brauchen ein Rezept, wir brauchen medizinische Versorgung. Doch unser damaliger Kinderarzt war mit der Situation überfordert. Er wusste nicht, wie man ein solches Rezept korrekt ausstellt, wusste nicht, welche Produktnamen oder Begründungen nötig waren – und wir fühlten uns hilflos. Am härtesten traf uns aber die chronische Schlaflosigkeit. Summer war nachts oft wach – manchmal bis drei oder vier Uhr morgens. Sie schlief unruhig, wachte häufig auf, wanderte durch die Wohnung. Unsere eigenen Kräfte schwanden.

Wir funktionierten nur noch, lebten in einem Zustand permanenter Erschöpfung. Dann kam ein einziger Anruf, der alles veränderte. Unser zweiter Engel – die ruppige, aber herzensgute Ärztin – hatte ein offenes Ohr.

Mit einem einzigen Telefonat hielten wir schließlich ein Rezept für Windeln und eine Empfehlung für Melatonin in der Hand. Endlich ein kleiner Lichtblick.

Es war nur ein winziger Schritt – aber für uns bedeutete es so viel. Endlich etwas, das funktionierte. Etwas, das uns das Gefühl gab, nicht vollkommen machtlos zu sein.

Und so ging es weiter. Ein Schritt nach dem anderen.

Summer war inzwischen in ihrer eigenen Welt angekommen. Sie hatte feste Vorlieben, auch beim Essen – etwas, das viele nicht verstanden, aber für uns einfach dazugehört hat. Babygläschen, Pudding, Stapelchips, trockene Brötchen, Minisalami. Was für andere seltsam wirken mochte, war für uns normal. Es war unser Alltag.

Es war unser Kind – und wir liebten sie genauso, wie sie war. Mit der Diagnose MPS hatte sich alles verändert. Und doch war da etwas, das immer gleich blieb:

Unsere Liebe. Eine Liebe, die über jedes Krankheitsbild hinausreichte. Eine Liebe, die uns trug – selbst in den dunkelsten Momenten.

Kapitel 7: Ein gemeinsamer Name

Summer war Marcs einziges leibliches Kind. Und obwohl er sie nie anders behandelte als ihre Geschwister, war da doch dieser Gedanke – dieser Wunsch, ihr etwas Bleibendes zu schenken. Etwas, das sie für immer verbinden würde. Unsere Familienplanung war abgeschlossen, wir wussten, dass es bei unseren Kindern bleiben würde. Doch in uns wuchs der Entschluss, dass auf ihrem Grabstein – so sehr uns dieser Gedanke auch das Herz zerriss – sein Nachname stehen sollte. Ein Name, der für Zugehörigkeit steht. Für Familie. Für Liebe.

Und so fassten wir einen Entschluss. Ganz spontan, fast schon über Nacht, entschieden wir: Wir heiraten.

Es war keine große, pompöse Hochzeit mit weißer Kutsche und Schlosskulisse – aber sie war genau das, was wir wollten: echt, persönlich, voller Herz und voller Sinn. Mit einem kleinen Budget, viel Fantasie und der Hilfe von Familie und Freunden planten wir unsere kleine Traumhochzeit. Wir setzten den Termin auf den 4. August 2017, organisierten, bastelten, koordinierten – oft nachts, wenn die Kinder endlich schliefen. Die Aufregung stieg mit jedem Tag. Kleider wurden ausgesucht, Tischdekoration gebastelt, Blumen bestellt. Es war anstrengend, aber auch wunderschön. Für uns war von Anfang an klar: Summer muss dabei sein. Ohne sie würde sich dieser Tag nicht vollständig anfühlen. Doch ihre Teilnahme war keine Selbstverständlichkeit. Der Saal, in dem wir feierten, lag direkt an einer viel befahrenen Straße.

Und wer Summer kannte, wusste: Sie liebte es zu rennen, zu entdecken, Türen zu öffnen und ihrer Neugier freien Lauf zu lassen. Einen Moment der Unachtsamkeit – und sie wäre verschwunden. Wir wussten, es musste jemand da sein, der nur für sie da ist. Jemand, der sie kennt, der sie versteht – nicht nur ihre Eigenheiten, sondern auch ihre Besonderheit. Es konnte nur eine Person sein: Jil.

Sie war sofort bereit. Ohne zu zögern sagte sie zu – und das bedeutete uns mehr, als Worte je ausdrücken könnten. Jil war an diesem Tag nicht nur Babysitterin.

Sie war Summers Schatten, ihr sicherer Hafen, ihre stille Heldin. Den ganzen Tag wich sie unserer kleinen Maus nicht von der Seite. Sie begleitete sie durch den Saal, lenkte sie ab, wenn Summer zielstrebig auf die Tür zuraste – wieder und wieder. Summer hatte nur diese eine Mission: raus. Raus aus dem Saal, hinein in das Abenteuer, das sie dort draußen witterte. Doch Jil war immer da. Geduldig. Wachsam. Liebevoll. Während wir Fotos machten, Reden hielten, Ringe tauschten, Torte anschnitten, war Jil ganz bei Summer. Sie hielt ihre Hand, zupfte liebevoll an ihrem Kleidchen, strich ihr immer wieder die zerzausten Haare aus dem Gesicht und fing all das ab, was andere Gäste womöglich überforderte. Summer selbst war – wie immer – ein Feuerwerk. Sie wirbelte durch den Saal, lachte schallend, kicherte über Servietten, die vom Tisch fielen, jagte Luftballons hinterher, steckte sich kleine Dekostücke in den Mund, kletterte auf Stühle und versteckte sich unter Tischen.

Sie lebte diesen Tag mit ihrer ganzen wilden, wunderbaren Energie – ungebremst, ungefiltert, ganz sie selbst.

Es war chaotisch. Es war laut. Es war lebendig.

Und es war perfekt. Inmitten all dessen war Jil der ruhige Pol. Ein Anker, der Summer Sicherheit schenkte, ohne sie einzuengen. Sie hatte ein Auge für die kleinen Momente. Für Summers Blicke, ihre Körpersprache, ihre kleinen Bedürfnisse. Als der Tag zu Ende ging und die letzten Gäste sich verabschiedeten, fielen wir – erschöpft, aber voller Glück – ins Bett. Selbst unser kleiner Wirbelwind schlief in dieser Nacht tief und fest, eingekuschelt in ihre geliebte Decke, mit einem Lächeln auf den Lippen.

Dieser Tag hat sich in unsere Herzen eingebrannt. Ein Tag, der nicht nur unsere Ehe besiegelte, sondern auch die Familie, die wir geworden waren. Von diesem Moment an trugen wir einen gemeinsamen Namen – auf Papieren, auf Klingelschildern, in unseren Herzen. Und irgendwann auch auf dem Stein, den man uns viel zu früh aufstellen ließ. Aber bis dahin... lebten wir. Gemeinsam. Stark. Mit Liebe. Und einem Namen.

Kapitel 8: Die Schule und die erste spürbare Veränderung

Warum auch immer – selbst ein Kind, dessen Zukunft ungewiss ist, unterliegt in Deutschland der Schulpflicht. So kam es, dass unsere kleine Summer kurz vor ihrem siebten Geburtstag eingeschult wurde.

Ein bedeutender Schritt, der für uns Eltern gleichzeitig Hoffnung und Sorge brachte. An jenem Morgen war Summer in ihrem liebsten rosa Kleidchen gekleidet. Stolz und neugierig hielt sie ihre große, bunte Barbiezuckertüte fest in den Händen – ein Geschenk, das ihr den Einstieg erleichtern sollte. Um sie herum standen wir: Papa, Mama, ihr großer Bruder Ian und natürlich Oma, die mit glänzenden Augen und zitternder Stimme vor Stolz kaum einen Ton herausbrachte. Gemeinsam machten wir uns auf den Weg zur Schule – ein neuer Lebensabschnitt wartete.

Die Schule, eine Einrichtung speziell für geistig behinderte Kinder, wirkte auf den ersten Blick warm und einladend. Die Lehrerinnen strahlten eine freundliche Ruhe aus, die uns Eltern sofort ein Stück weit die Angst nahm.

In der Klasse gab es mehrere Integrationshelfer, die sich liebevoll um die Kinder kümmern sollten.

Besonders faszinierend war der kleine, eingezäunte Garten direkt neben dem Klassenzimmer – eine sichere Oase für unsere Tochter. Im Garten stand ein Trampolin, und kaum hatte Summer es entdeckt, war es ihr Lieblingsort. Sie liebte das Gefühl, auf und abzuspringen, das Kribbeln in den Beinen und den Wind im Haar. Es wurde zu ihrem Rückzugsort, ihrem kleinen Paradies.

Sie verbrachte dort fast jede Pause, und ehrlich gesagt oft
fast den ganzen Tag. Für Summer gab es keinen strengen
Stundenplan, keine festen Pausen oder Regelunterricht.
Sie war einfach da – im Hier und Jetzt, lebendig und voller
Entdeckungsdrang. Die Lehrerinnen respektierten
Summers eigenen Rhythmus. Sie verstanden, dass Lernen
für sie anders funktionierte, dass sie ihre Umwelt auf ihre
Weise wahrnahm. Es war nicht das, was man gewöhnlich
unter Unterricht versteht, doch es war echt. Summer
erlebte, spürte und nahm teil – auf ihre eigene, besondere
Art. Sie wurde morgens von einem Fahrdienst abgeholt
und mittags von einem Taxi wieder nach Hause gebracht.
Die Abläufe waren gut organisiert, und der Alltag schien
zu funktionieren. Für uns war es ein kleiner Sieg – eine
neue Struktur, die Summer Halt gab. Doch einige Monate
nach ihrem siebten Geburtstag änderte sich plötzlich
etwas. Summer begann, ohne ersichtlichen Grund zu
weinen. Unaufhörlich, Tag und Nacht, 16 Wochen lang.
Ein verzweifeltes Weinen, das uns Eltern das Herz zerriss.
Wir standen hilflos daneben, wussten nicht, was wir tun
sollten. Wir suchten unzählige Male den Kinderarzt auf,
probierten verschiedene Medikamente, ließen sie gründlich
im Krankenhaus untersuchen, doch niemand konnte
erklären, warum sie litt.
Heute wissen wir: Es war der erste große Schub ihrer
Erkrankung. Ein körperlicher und seelischer
Ausnahmezustand, den viele Kinder mit MPS erleben.

Ihr Körper veränderte sich auf eine Weise, die sie nicht verstehen oder steuern konnte. Da sie nicht sprechen konnte, war ihr Weinen die einzige Möglichkeit, uns mitzuteilen, wie sehr sie innerlich kämpfte.

Nach 16 quälenden Wochen endete der Schub genauso abrupt, wie er begonnen hatte.

Doch er hinterließ seine Spuren – sichtbare und unsichtbare. Summer begann stark zu sabbern, eine Veränderung, die wir zunächst unterschätzten.

Manchmal denkt man, Sabbern sei keine große Sache. Doch bei Summer war es mehr als das.

Wir nannten sie liebevoll unseren kleinen Wasserfall.

Alle 20 bis 30 Minuten war ihr Oberteil durchweicht – egal ob Tag oder Nacht. Zuhause war das kein großes Problem, doch in der Schule wurde es schnell zu einer Herausforderung.

Wir brauchten eine Lösung, doch das war leichter gesagt als getan. Babyschürzen waren viel zu klein, Erwachsene Lätzchen zu groß. Tücher, die man verknoten konnte, waren gefährlich – Summer hätte sich damit verletzen oder gar strangulieren können. Also wurden wir erfinderisch. Wir bestellten bunte Bandana-Tücher und passende Druckknöpfe, nähten und bastelten, bis wir eine sichere Lösung fanden. Tücher, die fest saßen, sich nicht so leicht abziehen ließen, aber im Notfall trotzdem nachgaben. Ein kleiner, aber wichtiger Sieg für uns alle. Dank dieser Lösung konnte Summer weiterhin die Schule besuchen. Auch wenn sie nicht oft da war.

Denn die Nächte waren oft lang und unruhig. Summer kämpfte mit Schlaflosigkeit, Unruhe und Schmerzen, was die Erschöpfung am Morgen groß machte. Nicht selten blieb sie deshalb zuhause.

Außerdem war sie anfälliger für Infekte als andere Kinder, was weitere Fehlzeiten zur Folge hatte.

Trotz all dieser Schwierigkeiten war Summer da.

Sie war Teil der Welt um sie herum, mit ihrem eigenen Tempo, auf ihre ganz besondere Weise.

Und wir waren jeden Tag aufs Neue dankbar, bei ihr zu sein, sie zu begleiten und ihre Momente voller Leben zu feiern.

Kapitel 9: Das Leben genießen

Wir hatten uns fest vorgenommen, jeden einzelnen Tag mit Summer bewusst zu erleben. Nicht morgen, nicht „wenn mal Zeit ist", nicht „nach der nächsten Therapie" – sondern genau jetzt. Inmitten all der Herausforderungen, der Sorgen, der unzähligen Arztbesuche und der oft zermürbenden Unsicherheiten wollten wir nicht vergessen, warum wir das alles taten: für sie. Für ihre Lebensfreude. Für ihr Lachen. Für ihre ganz eigene Art, diese Welt zu entdecken. Aber wie lebt man ein unbeschwertes Leben mit einem Kind, das keine Gefahren erkennt? Das sich für vieles nicht begeistern lässt, was andere Kinder lieben? Das seine eigenen Regeln hat – und seine ganz eigene kleine Welt? Wir mussten kreativ werden. Summer liebte es, sich frei zu bewegen, ohne Grenzen, ohne ständig festgehalten oder zurückgerufen zu werden. Ihre Freiheit war uns heilig. Deshalb machten wir es zu unserer Mission, Orte zu finden, an denen sie einfach laufen konnte. Orte, an denen keine Straßen in der Nähe waren, keine offenen Gewässer, keine Stolperfallen – nur weite, grüne Flächen. Große Wiesen, auf denen sie rennen, springen, sich im Gras wälzen und lachen konnte, bis ihr die Puste ausging. Wenn sie dann losflitzte, war das, als würde ein kleiner Sturm durch die Natur jagen – ein Sturm mit leuchtenden Augen und wehenden Haaren.
Sie bewegte sich mit einer solchen Energie und Hingabe, dass man fast vergaß, wie viel Kraft sie das kosten musste. Und doch:

Sie lachte, sie jauchzte, sie drehte sich im Kreis, warf sich ins Gras und stand wieder auf, als wäre die Welt ihr ganz persönlicher Abenteuerspielplatz. Gänseblümchen waren ihre große Leidenschaft. Sobald sie welche entdeckte – und sie entdeckte sie wirklich überall – gab es kein Halten mehr. Dann hockte sie sich nieder, zupfte sie mit ihren kleinen Fingern aus dem Boden und hielt sie uns wie kleine Schätze entgegen. Oft sammelten wir gemeinsam ganze Sträuße. Sie war fasziniert von der Zartheit dieser Blüten, von der Einfachheit ihrer Schönheit. Gänseblümchen wurden zu einem Symbol ihrer Kindheit – klein, unscheinbar, aber voller Leben. In der Schule hatte sie das Glück, eine Reittherapie beginnen zu dürfen. Anfangs waren wir skeptisch, denn Summer war Tieren gegenüber eher vorsichtig – zu unberechenbar, zu nah, zu laut. Doch irgendetwas an diesen sanften, geduldigen Pferden öffnete eine Tür in ihr. Vielleicht war es die Ruhe, die sie ausstrahlten. Vielleicht auch das gleichmäßige Schaukeln beim Reiten, das sie beruhigte. Schon nach den ersten Stunden merkten wir, wie gut ihr diese Therapie tat.

Sie war danach müde, ja – aber es war eine angenehme, zufriedene Müdigkeit. Ihr Körper entspannte sich, ihr Gesicht war weich. Es war, als würde jede Zelle in ihr sagen: Das tut mir gut. Urlaub zu machen, stellte sich dagegen als große Herausforderung dar.

Wir versuchten es – natürlich. Wir planten, packten, fuhren los mit der Hoffnung, ein paar Tage Auszeit zu finden.

Doch nach nur zwei Tagen mussten wir abbrechen.
Summer war überfordert. Alles war anders: die
Umgebung, die Geräusche, die Menschen, das Bett, das
Bad, das Essen. Sie konnte sich nicht orientieren, wurde
unruhig, weinte viel. Ihre ganze Körpersprache sagte: Ich
will nach Hause. Also taten wir das einzig Richtige – wir
brachen ab. Nicht enttäuscht, nicht frustriert, sondern mit
dem Wissen: Zuhause ist eben doch der sicherste Ort für
sie. Aber wir ließen uns nicht unterkriegen. Wenn der
Urlaub außerhalb oder an fremden Orten nicht zu uns
passte, dann holten wir das Abenteuer eben zu uns. So
wurde unser Wohnzimmer immer wieder zur Spielfläche
für kreative Ideen. Einmal legten wir den gesamten Boden
mit Malerpapier aus – eine riesige weiße Fläche, bereit für
Farbe. In der Mitte: Farben, Pinsel und ein Eimer mit
Wasser. Mehr brauchte es nicht. Summer zögerte keine
Sekunde. Sie stürzte sich mitten hinein, patschte mit den
Händen in die Farbe, malte mit langen Pinselstrichen über
das Papier, tupfte hier und da ein paar Farbflecken und
hinterließ dabei ihre ganz eigene Spur. Ian war mit
Feuereifer dabei – er lief mit Farbflecken im Gesicht
durchs Zimmer, quietschte vor Lachen, patschte mit den
Füßen ins Nasse und feuerte seine Schwester immer wieder
an. Wir lachten, kleckerten selbst mit, und am Ende waren
nicht nur das Papier, sondern auch unsere Kleidung und
Gesichter bunt gesprenkelt. Aber das war uns egal. Es war
einer dieser Tage, die man nie vergisst. Knete wurde auch
ein fester Bestandteil unserer Welt.

Summer mochte das Gefühl, wenn die Masse zwischen ihren Fingern zerfloss. Sie drückte, zupfte, rollte kleine Würste, baute Türme oder zerdrückte sie einfach wieder mit einem freudigen Quietschen.

Es ging nie darum, etwas zu „bauen". Es ging um das Tun, um das Fühlen – um den Moment.

Natürlich gab es auch ruhigere Phasen. Dann lag sie auf dem Sofa, in ihre Decke gekuschelt, ihre Augen konzentriert auf den Bildschirm gerichtet. Barbie. Lauras Stern. Immer wieder. Die Geschichten kannte sie auswendig, doch sie wurden nie langweilig. Diese Filme waren wie ein sicherer Hafen für sie. Klein, farbenfroh, vertraut. Es war ihre Welt – eine Welt, in der sie sich auskannte, in der sie sich sicher fühlte. Anspruchslos von außen betrachtet, aber voller Bedeutung für sie. Und wenn der Sommer kam, war das Planschbecken nicht wegzudenken. Wasser war für Summer das reinste Glück. Schon beim Anblick der ersten Tropfen gluckste sie vor Freude. Sie rannte durch das kühle Nass, ließ sich hineinfloppen, spritzte uns alle pitschnass und lachte dabei, bis sie Schluckauf bekam. Je wilder das Spiel, desto glücklicher war sie. Summer war nicht für Stille gemacht – sie war für Bewegung, für Lachen, für Energie. In dieser Zeit schien ihre Krankheit zu schlafen. Keine Rückschritte, keine dramatischen Veränderungen. Wir atmeten auf. Summer entwickelte sich. Sie wurde neugieriger, experimentierfreudiger – sogar beim Essen. Endlich konnten wir die Babygläschen beiseitelegen.

Sie aß nun mit uns gemeinsam – dieselben Gerichte, dieselben Portionen. Ihre Favoriten? Ganz klar: Spaghetti Bolognese und Hackbraten mit Möhren und Kartoffeln. Und wenn sie dann mit leicht verklebtem Mund und zufriedenem Grinsen am Tisch saß, wussten wir: Wir machen das gut. Diese Monate fühlten sich an wie ein leiser, warmer Sommer. Wie ein Innehalten. Wie eine stille Umarmung des Lebens. Und obwohl wir wussten, dass dunklere Tage kommen würden – an diesen Tagen waren wir einfach nur da. Im Hier und Jetzt. Mit ihr. Für sie. Und für uns.

Kapitel 10: Der nächste Schub und eine gute Entscheidung

Die dunklen Tage kommen oft schneller, als einem lieb ist – und so war es auch bei Summer. Plötzlich begann sie wieder zu weinen, unaufhörlich, Tag und Nacht.

Ihre Tränen schienen eine Sprache zu sein, die wir nicht mehr verstehen konnten. Alle Untersuchungen zeigten keine neuen Befunde, keine medizinischen Ursachen, und dennoch war uns sofort klar: Wir befanden uns mitten im nächsten Schub. Ein Gefühl, das wir nur zu gut kannten – von früheren Zeiten wussten wir, wie kräftezehrend und erschöpfend solche Phasen sein konnten.

Mit jeder Minute wuchs die Sorge: Wie lange würde dieser Schub diesmal dauern? Was würde sich alles verändern? Und vor allem: Wie ging es ihr damit, in ihrem kleinen Körper und ihrer Seele? Die Stimmung war diesmal anders als zuvor. Summer zog sich immer mehr zurück, saß oft still und verstummt in der Ecke, die Augen traurig und verloren. Dieses stille Leiden war fast schwerer zu ertragen als das sichtbare Weinen.

Wir grübelten viel darüber nach, wie wir ihr beistehen konnten, ohne sie zu überfordern. Medikamente wollten wir nur so wenig wie möglich geben – das war unser Weg, seit wir sie kannten. Deshalb machten wir uns auf die Suche nach sanfteren, natürlichen Alternativen. So stießen wir auf Bachblüten. Anfangs holten wir Rescue-Tropfen aus der Apotheke, die uns sofort beeindruckten mit ihrer beruhigenden Wirkung. Es war kein Wundermittel, aber für akute Momente half es, ihr etwas Ruhe zu schenken.

Doch das reichte uns nicht. Wir wollten eine dauerhafte Unterstützung finden, etwas, das ihr auf lange Sicht Kraft geben konnte. Nach vielen Recherchen fanden wir eine Internetseite, die uns sofort ansprach. Dort konnten wir eine individuell auf Summer abgestimmte Bachblüten-Mischung zusammenstellen – eine sanfte Therapie, der wir voller Hoffnung und ohne große Erwartungen eine Chance gaben. Eine der besten Entscheidungen in unserer Zeit mit Summer. Es war bereits die achte Woche des Schubs, und wir waren alle ziemlich erschöpft, körperlich und seelisch. Doch dann, etwa zwei Wochen nach Beginn der Bachblüten-Therapie, geschah etwas Wunderbares: Summers Stimmung begann sich spürbar zu verändern. Wie ein sanfter Frühling, der langsam Einzug hält, öffnete sie sich wieder. Sie suchte wieder unsere Nähe, lächelte zaghaft und begann sogar wieder zu tanzen – etwas, das wir lange nicht mehr gesehen hatten. Ihre Lebensfreude kehrte Stück für Stück zurück. Nach zwölf Wochen war der Schub endlich vorbei, und wir atmeten tief durch. Doch ihr erinnert euch sicher, dass jeder Schub auch Spuren hinterlässt. Leider machte auch dieser keine Ausnahme. Summers Koordination ließ sichtbar nach. Sie fiel öfter hin, wackelte beim Gehen, und es wurde deutlich, dass die Kraft in ihren Beinen schwächer wurde. Das machte uns Angst. Immer häufiger kam es zu Stürzen und leider verletzte sie sich dabei auch. Ein Umstand, der uns nicht zur Ruhe kommen ließ.

Wir mussten handeln – eine Lösung finden, die sie nicht einschränkte, aber trotzdem ein Maximum an Sicherheit bot. Viele Nächte verbrachten wir mit Grübeln und Planen, bis uns eine Idee kam, die wir zunächst fast nicht für möglich gehalten hatten. In ihrem Zimmer lag ein Puzzle aus Moosgummi, weich und federnd – warum also nicht ihr ganzes Zimmer damit ausstatten? Eine weiche, sichere Umgebung, in der sie sich nicht mehr verletzen konnte. Doch wir wollten es nicht zu bunt und kindlich wirken lassen. Nach langer Suche fanden wir schließlich Gummimatten, wie man sie aus Fitnessstudios kennt – robust, einfach zu reinigen und in einer warmen Cremefarbe. Dann begann die Arbeit. Wir räumten Möbel aus, bauten die Betten ab, schraubten, klebten und polsterten Wände und Boden. Es war eine schweißtreibende Aufgabe, die uns aber auch Hoffnung schenkte. Denn je mehr wir schafften, desto mehr fühlte sich das Zimmer an wie ein sicherer Hafen. Da Summer in der Zwischenzeit auch mehrfach aus dem Bett gefallen war, schliefen wir nun auf dicken Matratzen auf dem Boden. Weil Summer sich nicht von uns trennen konnte und wir uns auch nicht von ihr, schliefen wir nun gemeinsam in ihrem Zimmer. Diese Nähe gab uns allen Kraft. Nach einigen Tagen harter Arbeit war ihr Zimmer fertig: Die Wände und der Boden waren gepolstert, und ein neuer Teppich in ihrem Lieblingspink zog ein.

Das Ergebnis war eine riesige, kuschelige Wiese von 4 Metern Länge und 1,40 Metern Breite – eine sichere Zone für unseren wackeligen Wildfang.

Hier konnte Summer spielen, toben und sich bewegen, ohne Angst vor Verletzungen.Wir waren unendlich stolz auf das, was wir geschaffen hatten – und Summer liebte ihr neues, sicheres Zimmer spürbar. Ein Stück Lebensqualität kehrte zurück, ein Raum der Geborgenheit und Sicherheit, in dem wir gemeinsam neue Kraft schöpfen konnten.

Kapitel 11: Unverhofft kommt oft

Gerade erst hatten wir uns ein wenig damit abgefunden, dass Summers Bewegungsdrang nachgelassen hatte. Sie lief nicht mehr so wie früher – ihre Beine wurden schnell müde, manchmal zitterten sie einfach los, als hätten sie plötzlich vergessen, wie man sich trägt. Es war schwer, diesen Rückschritt zu akzeptieren. Noch vor wenigen Monaten war sie durch den Garten getanzt, hatte sich lachend im Kreis gedreht, sich über jedes Gänseblümchen gefreut, als sei es ein Schatz. Und jetzt? Jetzt saß sie oft am Rand, beobachtete alles still, ihre Augen sprachen Bände – müde, aber wachsam, ein bisschen traurig, aber voller Liebe. Doch wie so oft in unserem Leben mit Summer ließ uns das Schicksal kaum Zeit zum Durchatmen. Als wir von der Schule zu einem Gespräch eingeladen wurden, ahnten wir schon, dass es nichts Gutes war. Und leider sollten wir recht behalten. Man teilte uns mit, dass der Klassenraum im kommenden Schuljahr verlegt würde – in die erste Etage. Kein Aufzug. Keine Rampe. Kein Garten mehr. Dafür eine lange, steile Treppe. Eine Barriere, die für viele Kinder kein Hindernis darstellt – für Summer jedoch ein echtes Risiko. Zwar konnte sie sich mit viel Anstrengung und Unterstützung nach oben kämpfen, aber der Abstieg war unmöglich. Die Gefahr, dass sie stürzt, war viel zu groß. Und das wussten auch die Lehrer. Man schlug uns einen Schulwechsel vor – auf eine spezielle Schule für Kinder mit körperlichen Einschränkungen.

Dort wäre alles barrierefrei, es gäbe Aufzüge, Therapiemöglichkeiten, speziell geschultes Personal. All das klang vernünftig. Trotzdem fühlte es sich wie ein Stich ins Herz an. Wieder ein Schritt weiter weg von dem, was wir als „normal" kannten. Wieder ein kleiner Abschied. Wir versuchten, das Ganze rational zu sehen. Es ging um Summers Sicherheit, ihre Förderung, ihre Lebensqualität. So willigten wir schweren Herzens ein. Wir besuchten die neue Schule. Sie war etwas älter, die Wände trugen die Spuren von vielen kleinen Händen, die über Jahre dort gewachsen waren. Aber sie war freundlich, hell und wir spürten: Hier wird nicht nur unterrichtet, hier wird verstanden. Besonders Summers neue Lehrerin hat einen positiven bleibenden Eindruck bei uns hinterlassen. Sie empfing uns mit einem ruhigen, herzlichen Lächeln. Während Summer an diesem Tag zu Hause war, sprachen wir lange über ihre Entwicklung, ihre Bedürfnisse und ihre Besonderheiten. In diesem Gespräch – das so viel Wärme und Verständnis ausstrahlte – sagte die Lehrerin einen Satz, der sich tief in mein Herz eingebrannt hat: „Wir möchten Sie dabei unterstützen, das Leben Ihrer Tochter so schön wie nur möglich zu gestalten." Dieser Satz durchfuhr mich wie ein warmer Lichtstrahl. Kein Fachjargon, keine Zahlen, keine Diagnosen. Einfach Menschlichkeit. Einfach Liebe. Ich wusste in diesem Moment: Hier ist ein Ort, an dem meine Tochter nicht nur betreut, sondern gesehen wird. Es war vereinbart, dass Summer das laufende Schuljahr noch an ihrer alten Schule beenden sollte und dann, zum neuen Schuljahr, an die neue Schule wechseln würde.Das verschaffte uns etwas Luft. Zeit, uns innerlich zu sortieren. Und doch – wie so oft – machte das Leben uns einen Strich durch unsere Planung. Denn unverhofft kommt oft. Kaum hatte sich der goldene Herbst über die Bäume gelegt, wurde Summer krank. Und nicht nur einmal. Immer wieder fieberte sie, hustete, war schlapp. Wir bangten jedes Mal, ob es nur eine Erkältung war oder doch etwas Ernsteres. In dieser ohnehin schon angespannten Zeit hörten wir zum ersten Mal von einem neuartigen Virus aus China. Zunächst klang es wie eine entfernte Geschichte. Doch binnen weniger Wochen war es in aller Munde. Corona. Was für viele ein noch abstraktes Thema war, war für uns sofort bedrohlich. Wir kannten Summers Lunge. Wir wussten, wie empfindlich sie war, wie schnell sich Infekte festsetzten, wie sehr sie kämpfen musste. Die Vorstellung, dass dieses Virus sie erreichen könnte, war unerträglich. Also zogen wir sofort Konsequenzen. Doch unser Arzt war alles andere als verständnisvoll. Wir mussten lange diskutieren, bitten, unsere Situation mehrfach erklären – fast schon flehend. Wir schilderten Summers Krankheitsbild, ihre Schwäche, die Gefahr einer möglichen Lungenentzündung. Es fühlte sich demütigend an, kämpfen zu müssen, wo man einfach nur Schutz wollte. Schließlich – nach viel Hin und Her – stellte er uns widerwillig ein Attest aus. Wenigstens das nahm etwas Druck von uns.

Aber Ian, unser tapferer Sohn, war weiterhin in der Schule. Jeden Tag brachte er potenziell die Gefahr mit nach Hause. Wir sprachen viel mit ihm, erklärten ihm die Situation. Er verstand mehr, als man von einem Kind seines Alters erwarten konnte. Er war rücksichtsvoll, achtete auf Hygiene, hielt Abstand zu seinen Freunden – aus Liebe zu seiner Schwester. Das hat mich tief berührt. Als dann endlich der Lockdown kam und die Schulen geschlossen wurden, waren wir fast erleichtert.

So herausfordernd das Homeschooling mit Ian auch war – es bedeutete Schutz. Sicherheit. Frieden. Doch wie so oft: Wenn eine Tür zugeht, schließt sich eine andere gleich mit. Mit dem Wegfall der Schule fielen auch Summers Therapien weg. Wichtige Routinen, gezielte Förderung, tägliche Reize – alles war plötzlich verschwunden.

Da sie offiziell noch ihrer alten Schule zugeordnet war, konnten wir keine externen Therapeuten engagieren. Wir fühlten uns machtlos. Summers körperlicher Zustand verschlechterte sich merklich. Ihre Bewegungen wurden unsicherer, ihre Ausdauer nahm ab. Es tat weh, zuzusehen. Wir wollten helfen, aber wussten nicht wie. Also entschieden wir uns, einen Antrag auf Hilfsmittel zu stellen: einen Therapiestuhl, einen Rollstuhl, ein Pflegebett. Worte, die wir lange vermieden hatten, Dinge, die wir nie im Haus haben wollten – und doch wurden sie jetzt zur Notwendigkeit. Diese Anträge zu stellen, war ein schwerer Schritt. Es fühlte sich an, als würde man etwas aufgeben – ein Stück Hoffnung, ein Stück Normalität.

Wir sprachen lange darüber, weinten auch, aber letztlich wussten wir: Es geht nicht um uns. Es geht darum, Summer das Leben so angenehm wie möglich zu machen. Es war ein stiller Abschied von einem Alltag, wie wir ihn einmal kannten – und der Anfang von etwas Neuem. Noch wussten wir nicht, wie viel sich noch verändern würde. Die Schulen öffneten wieder. Die Kinder sollten zurück in den Unterricht – aber Summer blieb zu Hause. Das Attest wurde verlängert. Sie konnte keine Maske tragen, war zu schwach für solch eine Belastung. So blieb unsere kleine Insel bestehen. Ian kehrte zurück in den Schulalltag. Damit kam auch unsere Sorge zurück. Jeden Tag war er draußen, jeden Tag ein möglicher Überträger. Er selbst spürte es – und kämpfte mit einem Gefühl, das Kinder eigentlich nicht kennen sollten: Verantwortung für Leben und Gesundheit seiner Schwester. Unser Alltag wurde leiser. Rückzugsreicher. Wir lebten abgeschottet, wie auf einer kleinen Insel. Und doch war da immer wieder Licht. Wenn Summer lachte. Wenn sie mit Ian kuschelte. Wenn sie mit einem ihrer Lieblingslieder in ihrer kleinen Welt tanzte – barfuß auf ihrer gepolsterten Matte, umgeben von Kissen, Farben und Liebe. Wie sie Jason anhimmelte, wenn er uns besuchte, oder versuchte, auch ihre eigene Art, mit uns zu kommunizieren, wenn sie mal wieder die Nacht zum Tag machte und uns zeigte, wie sehr sie uns braucht, wenn sie wieder krank war und wir wussten, die beste Medizin ist unsere Nähe. Ja, es war eine anstrengende Zeit.

Es war nicht das Leben, das wir geplant hatten.
Aber es war unseres. Und wir lebten es mit all der Stärke,
Liebe und Hingabe, die wir aufbringen konnten.
Für Summer.

Kapitel 12: Schlimmer geht immer

Es war ein leiser, schleichender Prozess – kein plötzlicher Umbruch, sondern ein langsames Verblassen.
Nach und nach schwanden Summers Kräfte. Unsere tapfere, lebhafte Tochter war inzwischen neun Jahre alt, doch anstatt aufzublühen, zog sie sich körperlich immer weiter zurück. Jeder Tag forderte ihr ein kleines Stück mehr ab, bis selbst die einfachsten Dinge zur Herausforderung wurden. Das Essen wurde zum Problem. Summer konnte nicht mehr richtig schlucken. Nicht einmal ihre geliebten Chips, früher eine kleine, knisternde Freude in ihrer Welt, konnte sie noch genießen.
Wir pürierten ihr Lieblingsessen, versuchten, es ihr mit kleinen Löffelchen zu geben – doch der Schluckreflex versagte immer öfter. Es war schmerzhaft mitanzusehen. Jedes Essensritual, das einst Geborgenheit bedeutete, wurde nun zu einem Drahtseilakt zwischen Notwendigkeit und Verzweiflung. Auch einen Löffel konnte sie kaum noch halten. Ihre feinen Hände, die früher mit Knete formten oder sich so fest an uns klammerten, verloren an Kraft. Also fütterten wir sie wieder – sanft, geduldig, mit so viel Liebe, wie wir nur aufbringen konnten. Es fühlte sich an wie ein Rückschritt, aber in Wahrheit war es einfach nur Fürsorge. Zu dieser Zeit hatten wir zahlreiche Termine mit einem Sanitätshaus. Hilfsmittel mussten organisiert werden – Maße mussten genommen werden. Immer wieder fremde Leute im Haus. Doch wir brauchten diese Dinge, die helfen sollten, Dinge, die notwendig waren.

Doch waren sie der unmissverständliche Beweis: Unsere Realität hatte sich für immer verändert. Wir gaben unser Bestes, diese Entwicklung als das zu sehen, was sie war – eine Erleichterung für Summer, eine neue Art von Mobilität, von Sicherheit. Aber innerlich schmerzte es. Es fühlte sich an, als würde unsere Tochter Stück für Stück in eine andere Welt gleiten, in der unsere Vorstellung von Normalität keinen Platz mehr hatte. Draußen tobte weiterhin Corona. Die Schlagzeilen wurden leiser, die Gesellschaft müder. Es wurde gelockert, Schulen öffneten wieder. Als hätte man sich an die Gefahr gewöhnt. Doch für uns war sie nie abstrakt gewesen. Für uns war sie ein ständiger Begleiter, ein Schatten, der in jeder Bewegung lauerte. Wir hielten uns zurück, distanzierten uns, sagten alles ab, was nicht unbedingt notwendig war. Und trotzdem – es reichte nicht. Eines Nachmittags stand Ian, unser Sohn, mit Tränen in den Augen vor mir. In der Hand hielt er einen Schnelltest. Zwei rote Striche. Ich war gerade in einem Online-Meeting, bat ihn, in sein Zimmer zu gehen. Kaum war ich frei, eilte ich zu ihm. Seine Stimme war leise, fast entschuldigend, als er sagte, dass er seit dem Morgen Halsschmerzen habe und sofort getestet habe - nicht aus Angst um sich selbst, sondern aus Sorge um seine kleine Schwester. Er dachte nur an Summer. Ich war überwältigt – von Stolz, von Schmerz, von dieser reifen Selbstlosigkeit in einem so jungen Herzen.
Wir beschlossen, ihn sofort zu isolieren. Sein Zimmer wurde zur Quarantänezone.

Trotzdem versuchten wir, ihm die Tage so angenehm wie möglich zu machen. Kleine Aufmerksamkeiten, Lieblingsspeisen, viel Liebe auf Abstand. Und Ian – er trug alles mit, ohne zu klagen. Er verstand. Er akzeptierte. Und er blieb tapfer. Nach neun Tagen war sein Test endlich negativ. Wir atmeten auf, waren jedoch weiter vorsichtig. Ian hatte alles mitgetragen – und dafür hat er alles Glück dieser Welt verdient. Wir steckten uns nicht an. Doch dann kam der nächste Schlag. Einige Tage nach dem Besuch eines Mitarbeiters des Sanitätshauses begann Summer zu kränkeln. Ihr Blick wurde trüber, ihr Atem schwerer. Auch Marc fühlte sich schlapp.

Die Schnelltests bestätigten unsere schlimmsten Befürchtungen: beide positiv. Am nächsten Tag auch ich. Es war, als ob eine unsichtbare Wand auf uns niederstürzte. Alles, wovor wir uns so lange gefürchtet hatten – jetzt war es Realität. Die Frage war nicht mehr ob, sondern wie wir das durchstehen würden. Wie würde Summer reagieren? Würden wir sie versorgen können, wenn es uns schlecht ging? Unsere Symptome waren spürbar, aber erträglich – Müdigkeit, Husten, Fieber. Wir funktionierten weiter, irgendwie. Aber Summer... sie verschwand. Vier Tage lang lag sie regungslos im Bett. Kein Wort, kein Blick, keine Reaktion. Sie wollte nicht essen. Nicht trinken. Nichts von uns wissen. Hätte man ihre ruhige Atmung nicht gesehen, hätte man meinen können, sie sei gegangen. Wir wichen kaum von ihrer Seite. Wir redeten auf sie ein, streichelten sie, hielten ihre Hand, sangen ihr vor.

Irgendwann, ganz langsam, kam sie zurück. Zuerst mit einem leisen Geräusch. Dann einem winzigen, kaum merklichen Nicken. Und schließlich öffnete sie ihre Augen wieder. Doch sie war schwach. Unendlich schwach.

Sie wollte weiter nichts essen. Das Trinken gelang uns mit viel Geduld, aber alles andere lehnte sie ab. Sie verlor schnell an Gewicht – und da sie schon immer eher zart gebaut war, machte uns das große Sorgen.

Beim nächsten Wiegen bestätigte sich unsere Ahnung: Sie war ins Untergewicht gerutscht. Durch eine Facebookgruppe bekamen wir einige Flaschen kalorienreicher Trinknahrung. Zu unserer Erleichterung nahm sie sie einigermaßen gut an. Wir kämpften uns durch. Und nach langem Ringen mit unserem Kinderarzt fanden wir schließlich einen Versorger für diese Nahrung. Von diesem Moment an wurde Summer ausschließlich flüssig ernährt – was besonders schwer für uns war, denn ausgerechnet jetzt verlor sie auch ihre gewohnten Geschmäcker. Summer war immer ein Kind gewesen, das Herzhaftes mochte – kleine Pastagerichte, Gemüsepürees, Käse. Jetzt aber bekam sie ausschließlich süße Flüssignahrung. Es passte so gar nicht zu ihr.

Doch wir waren dankbar, dass sie sie annahm – dass sie wieder zunahm, wieder ein wenig Kraft schöpfen konnte. Nach und nach trafen auch die beantragten Hilfsmittel bei uns ein. Der Rollstuhl wurde zu einem neuen Begleiter – ein Symbol für einen neuen Lebensabschnitt. Laufen funktionierte nach der Infektion kaum noch.

Sie brauchte viel Hilfe. Aber sie liebte ihren neuen
Therapiestuhl. Er war bequem, stützend, sicher.
Und wann immer ihre Kraft versagte, half er uns, sie
aufzufangen. So lernten wir, die Welt neu zu sehen – auf
Rollen, mit viel Geduld, mit weniger
Selbstverständlichkeit, aber dafür mit umso mehr Liebe.

Kapitel 13: Steine im Weg

Man könnte meinen, dass Eltern eines schwerkranken Kindes auf Verständnis und Unterstützung stoßen – dass Institutionen, Ärzte, das soziale Umfeld ihnen den Weg zumindest ein bisschen ebnen. Dass, man ihnen nicht auch noch Steine in den ohnehin schon beschwerlichen Pfad legt. Doch das ist Wunschdenken. So läuft es nur im Märchen. Oder im Traum. Unsere Realität sah ganz anders aus. Jeden Tag kämpften wir. Gegen Windmühlen. Gegen bürokratische Monster. Gegen Gleichgültigkeit. Wir lebten nicht einfach – wir funktionierten. Während wir versuchten, jeden Moment mit Summer auszukosten, mussten wir gleichzeitig um Dinge kämpfen, die eigentlich selbstverständlich sein sollten: Pflegehilfsmittel, Rezepte, Transportscheine, Atteste. Unser Kinderarzt war dabei kein Helfer – er war eher ein weiteres Hindernis. Für jedes Rezept mussten wir betteln. Jede Bescheinigung wurde zu einem Kraftakt. Hausbesuche? Fehlanzeige. Transportverordnungen? Gab es nicht. Aber wie sollte man bitte mit einem kranken, bewegungseingeschränkten Kind, ohne Auto, zu einem Arzttermin kommen? Oft waren es unsere Familie und einige wenige treue Freunde, die uns retteten. Sie fuhren uns, halfen uns, standen einfach da, wenn alles zu viel wurde. Doch selbst sie konnten nicht immer zur Stelle sein. Und so wurde unser Leben mit der Zeit stiller. Menschen zogen sich zurück, weil sie nicht wussten, wie sie mit uns oder mit Summer umgehen sollten.

Oder weil ihnen unser Alltag zu schwer, zu fremd, zu kompliziert erschien. Aber wir verloren nie unseren Mut. Wir sagten uns: Es ist nicht wichtig, wie viele Menschen an deiner Seite stehen – sondern wer.

Die wenigen, die blieben, waren unsere Helden.

Wir wussten sie zu schätzen. Inmitten dieser Dunkelheit geschah etwas, das uns wieder Licht brachte. Summer blühte auf – ganz vorsichtig, ganz leise. Sie wurde wieder lebhafter. Ihre Augen funkelten. Sie lachte. Dieses Lachen – dieses helle, klare, unverkennbare Lachen – es war unser Lebenselixier. Es zeigte uns: Sie lebt. Sie liebt. Sie will. Trotz allem. Toben konnte sie nicht mehr – aber das war egal. Dann tobten wir eben im Bett. Wenn Papa sie sanft auf und ab wog, rief er mit tiefer Stimme: „Erdbeben!" Und sie lachte so herzhaft, so frei, dass uns das Herz aufging. Dieser Moment war purer Zauber. Sie kannte das Leben nicht anders. Sie liebte und lebte es so, wie es war. Nicht weil es leicht war – sondern weil es ihr Leben war. Und wir liebten ihre Kraft. Ihre unzerbrechliche Lebensfreude. Ihre unglaubliche Fähigkeit, Glück in den kleinsten Dingen zu finden. Musik war ihr täglicher Begleiter. Wir sangen für sie – laut, schief, wild. Manchmal war es fast schon ein kleines Konzert im Wohnzimmer. Sie genoss es. Jede Note. Jedes Wort. Jede Berührung zwischen den Tönen. Ian, unser Sohn, war inzwischen kein kleiner Junge mehr. Er wurde zum Teenager – mit all den Umbrüchen, Unsicherheiten und Fragen, die dieses Alter mit sich bringt.

Sein Verhältnis zu Summer veränderte sich.

Es wurde stiller. Distanziert. Nicht aus Ablehnung, sondern aus Überforderung. Ich weiß, dass er sie liebt – tief und aufrichtig. Aber ich glaube, er wusste irgendwann nicht mehr, wie er mit ihr umgehen sollte. Die Krankheit hatte ihre Welt verändert. Und auch seine. Er steckte mitten im Prozess, sich selbst zu finden – und gleichzeitig lebte er in einem Haushalt, der von Sorgen, Terminen und Pflege durchdrungen war. Wir versuchten, ihm kleine Inseln zu schaffen. Momente, in denen er einfach nur Ian sein durfte. Ich ging mit ihm schwimmen, shoppen, wir aßen zusammen Pizza, führten Gespräche über seine Welt. Marc verbrachte Gaming-Nächte mit ihm, sie lachten über Dinosaurier und schauten zum x-ten Mal „Jurassic Park". In diesen Stunden war alles wie früher. Oder zumindest, wie es hätte sein sollen. Ich selbst suchte mir irgendwann auch einen kleinen Ausgleich – eine Flucht, eine Oase in all dem Pflegealltag. Ich begann zu basteln, zu plotten, zu sublimieren. Mit meinen Händen schuf ich Dinge, die meine Seele heilten. Kleine Geschenke für Summer, liebevolle Dekorationen für ihr Zimmer. Alles wurde bunter, fröhlicher, wärmer. Jede Ecke erzählte unsere Geschichte – in Farben, Stoffen und liebevollen Details. Trotz all der Steine, die man uns in den Weg legte, lernten wir, neue Wege zu gehen. Wenn wir nicht darübersteigen konnten, dann bemalten wir sie eben bunt. Und wenn wir stolperten, standen wir wieder auf – für Summer. Für uns. Für die Liebe.

Denn es waren nie die Umstände, die uns trugen.
Es war unsere Familie. Unser Mut.
Und das unerschütterliche Lächeln eines kleinen, ganz besonderen Mädchens.

Kapitel 14 – Drei Engel auf einen Streich

Manchmal sind es die leisen Veränderungen, die am
lautesten Alarm schlagen. Summers Atmung hatte sich
verändert – anfangs kaum merklich, doch mit jedem Tag
wurde sie rauer, angespannter, kratzender.
Für uns war sie ein ständiges Hintergrundgeräusch, das
uns mit wachsender Sorge erfüllte. Der Verdacht stand im
Raum: Vielleicht waren die Polypen zurückgekehrt.
Doch wie sollte man das überprüfen lassen, wenn das
Kind kaum transportfähig war und kein HNO-Arzt
Hausbesuche machen wollte? Marc setzte sich ans Telefon
– wieder einmal. Unermüdlich rief er Praxis für Praxis an,
schilderte Summers Zustand, bat, flehte. Und wieder
einmal hörten wir eine Absage nach der anderen. Vierzehn
Ablehnungen, vierzehn Mal Enttäuschung, vierzehn Mal
das Gefühl, im falschen Film zu sein. Aber dann – bei der
fünfzehnten Praxis – ein Hoffnungsschimmer. Eine Ärztin
bot zumindest an, dass einer von uns alleine zum Gespräch
in ihre Praxis kommen dürfe, um die Lage zu besprechen.
Kein direktes Ja, aber immerhin kein direktes Nein.
Ich nahm den Termin wahr, fuhr allein zu ihr – mit
gedämpfter Hoffnung. Zu oft war sie enttäuscht worden,
diese Hoffnung. Doch als ich in der Praxis saß und diese
Frau das Zimmer betrat, passierte etwas Unerwartetes.
Ihre Augen blickten wach, offen, warm. Ihre Ausstrahlung
war ruhig, konzentriert. Als ich begann, Summers
Geschichte zu erzählen, hörte sie zu. Nicht nur mit den
Ohren – mit dem Herzen.

Ich schilderte unsere Situation ehrlich, mit all der Müdigkeit, die sich über die Jahre angesammelt hatte, und der Liebe, die wir trotz allem nie verloren hatten.

Und obwohl sie während des Gesprächs keine großen Versprechungen machte, war da plötzlich dieses Gefühl: Verstanden werden. Sie stellte kluge Fragen, nickte an den richtigen Stellen – nicht mechanisch, sondern mit echtem Mitgefühl. Am Ende sagte sie schlicht: „Ich komme. Am nächsten Feiertag – das passt für mich gut." Sie kam. Mit einer Ruhe, einer Freundlichkeit, die uns sofort den Druck von den Schultern nahm. Sie begrüßte Summer mit einer Sanftheit, wie ich sie selten erlebt habe. Kein vorsichtiges Annähern, kein Zögern – nur Wärme und Geduld. Sie untersuchte sie behutsam, tastete ab, sprach leise mit ihr, als sei sie ein ganz normales Kind und nicht ein Pflegefall, wie sie so viele andere nur noch durch Akten oder Verordnungen sehen. Polypen konnte sie ausschließen – zum Glück. Wahrscheinlich lag die Atemveränderung am Kehlkopf. Sie schlug eine Behandlung mit einem kortisonhaltigen Nasenspray vor und erklärte uns ganz in Ruhe, wie wir es anwenden sollten. Dann – ganz nebenbei – fragte sie uns, wie es eigentlich grundsätzlich mit der medizinischen Versorgung bei uns laufe. Da brach es aus mir heraus. Die endlosen Kämpfe mit dem Kinderarzt, die verweigerten Hausbesuche, die Rezeptdiskussionen, die tägliche Frustration. Da brach es aus mir hcraus.

Die endlosen Kämpfe mit dem Kinderarzt, die verweigerten Hausbesuche, die Rezeptdiskussionen, die tägliche Frustration. Sie sagte nichts Großes, machte keine Versprechen. Aber man merkte: Sie hörte zu – und sie nahm das mit. Zwei Tage später – ich war gerade dabei, Summer ihre Trinknahrung vorzubereiten – da klingelte das Telefon. Es war die HNO-Ärztin. Ihre Stimme klang fast beschwingt. „Ich habe einen Kinderarzt gefunden, der Summer sofort übernimmt – und er macht auch Hausbesuche." Ich sank auf den Küchenstuhl. Tränen liefen mir übers Gesicht. Ich brachte kaum ein Wort heraus. Doch sie war noch nicht fertig: „Und eine Physiotherapeutin mit Erfahrung in Atemtherapie habe ich auch für euch. Ich denke, sie wird gut zu euch passen." Ich konnte es kaum glauben. In nur zwei Tagen hatte diese Frau Dinge bewegt, für die wir seit Monaten vergeblich gekämpft hatten. Einfach völlig selbstlos. Sie hat sich gekümmert – nicht mit lauten Versprechen, sondern mit leisen, echten Taten. In der darauffolgenden Woche lernte ich den neuen Kinderarzt kennen – und zum ersten Mal seit langer Zeit hatte ich das Gefühl, mit einem echten Partner zu sprechen. Er fragte, hörte zu, stellte sich auf uns ein. Beim ersten Hausbesuch nahm er sich viel Zeit für Summer. Er lobte ihren gepflegten Zustand, stellte viele kluge Fragen – und ganz nebenbei nahm er auch Ian mit in seine Betreuung auf. Ohne große Formalitäten. Ohne Bürokratiehürden. Einfach, weil es sinnvoll war.

Kurz darauf lernten wir Anne kennen – die neue Physioterapeutin. Schon beim ersten Betreten unseres Hauses war klar: Diese Frau hatte eine ganz besondere Energie. Sie ging sofort auf Summer zu, ohne Hemmung, ohne Zögern. Summer, sonst skeptisch bei Fremden, entspannte sich – fast augenblicklich. Zwischen den beiden passierte etwas, das man nicht erklären kann. Eine wortlose Verbindung. Eine seelische Berührung. Wir sprachen viel mit Anne, erzählten von unserem Alltag, von Summers Geschichte. Und sie hörte zu, lachte mit uns, teilte unsere Sorgen. In ihr fanden wir nicht nur eine fachlich großartige Unterstützung – sondern einen Menschen, der in unser Leben trat wie ein Sonnenstrahl nach Wochen voller Regen. Ein stiller Hilferuf – und drei Engel traten in unser Leben. Eine HNO-Ärztin mit Herz. Ein Kinderarzt, der endlich nicht wegschaute. Eine Therapeutin, die Summers Seele berührte. Wir konnten unser Glück kaum fassen. Noch immer nicht. Und doch wussten wir: Genau so fühlt sich ein Wunder an.

Kapitel 15 – Wie das Leben so läuft

Wir waren irgendwie angekommen. Nicht im Sinne von „alles ist gut", nicht als Ziel erreicht oder Alltag bewältigt. Aber in diesem zarten Zustand zwischen Aufatmen und Weitermachen. Wir hatten uns eingerichtet in einem Leben, das nicht normal war – aber unseres.

Ein Alltag voller Pflege, Pläne, Medikamente, aber eben auch voller Lächeln, kleiner Freuden und stiller Siege. Anne wurde in dieser Zeit zu einem festen Anker in unserem Leben. Ihre regelmäßigen Besuche waren mehr als nur Therapie – sie waren ein Stück zuhause.

Wenn sie durch die Tür kam, veränderte sich etwas im Raum. Es wurde leichter. Wärmer. Als würde jemand mit einem Lächeln das Fenster zur Welt aufmachen.

Zwischen ihr und Summer entwickelte sich etwas, das sich nicht planen, nicht lernen, nicht beibringen lässt.

Eine Verbindung, still und tief, jenseits von Sprache.

Es war oft, als würden die beiden auf einer Frequenz schwingen, die nur sie hörten. Summer, die sich bei Fremden meist zurückzog, öffnete sich bei Anne.

Nicht laut oder offensichtlich – aber in kleinen, kostbaren Gesten. Eine davon blieb uns besonders im Herzen.

Summer mochte es nicht, wenn man ihre Füße berührte. Es war eine Grenze, die sie klar und deutlich zog – selbst wir als Eltern mussten das respektieren. Aber Anne durfte es. Nicht immer. Aber manchmal. Und das war mehr als jede Umarmung. Eines Tages beschlossen wir, Anne ein kleines Dankeschön zu schenken – auf unsere Art.

Ich hatte eine Idee und setzte sie selbst um: Ich sublimierte ein Paar Socken, ganz speziell für diesen Moment. Weißer Stoff, bedruckt mit viel Liebe und Augenzwinkern. Oben auf den Socken stand in bunten Buchstaben: „Nein, Anne! Nicht an die Füße!" Auf der Sohle, die man nur sah, wenn Summer die Füße hob: „Na gut … aber nur, weil du es bist." Als Anne die Socken las, lachte sie hell auf – dieses ehrliche, fröhliche Lachen, das von Herzen kommt.
Ein Lachen, das den ganzen Raum mit Freude füllt.
Und wir lachten mit. Es war einer dieser Momente, die einem den Glauben zurückgeben – an Nähe, an Menschlichkeit, an die kleinen Dinge, die alles verändern können. Wenn Anne Urlaub hatte, fehlte sie uns.
Es war nicht nur ihre Fachlichkeit, nicht nur ihre Hände, die so viel konnten. Es war ihre Art. Ihre stille Kraft. Ihre Wärme. So wie es zu dieser Zeit war – so hätte es bleiben dürfen. Wir hatten endlich ein kleines Netz aus Menschen, das uns auffing. Der neue Kinderarzt war aufmerksam und engagiert, die HNO-Ärztin ein wahrer Segen, die Kommunikation mit Summers Lehrerinnen liebevoll und regelmäßig. Wir standen im Austausch mit der Schule, bekamen kleine Briefe, Zeichnungen und gebastelte Schätze geschickt, jedes davon ein Zeichen, dass Summer gesehen wurde. Wahrgenommen. Eingebunden.
Diese Kinder, die sie kaum persönlich kannten, behandelten sie wie eine Freundin.
Ihre Klasse war wie ein kleines Wunder, das uns immer wieder zu Tränen rührte.

Und dann… kam das Leben mit einer Wendung, auf die
wir gerne verzichtet hätten. Summer bekam ihre erste
Periode. Es traf uns unvorbereitet – und vor allem:
Es traf sie. Hart. Die Schmerzen waren stark, kaum
auszuhalten. Kein Schmerzmittel schien zu helfen.
Ihr Körper krampfte, sie weinte, sie stöhnte, sie zitterte.
Und wir konnten nichts tun. Nichts, außer da sein.
Stundenlang saßen wir an ihrem Bett, hielten ihre Hand,
massierten ihren Bauch, sprachen leise auf sie ein, als
könnten Worte den Schmerz lindern. Es war
herzzerreißend. Es war unfair. Diese Phase dauerte Tage –
und als sie endlich vorbei war, konnten wir es kaum
glauben. Wir klammerten uns an einen winzigen
Hoffnungsschimmer: Bei vielen MPS-Kindern tritt die
Periode nur einmal auf. Oder ganz unregelmäßig.
Vielleicht war es bei Summer genauso?
Aber Summer war nicht wie andere.
Sie bekam ihre Periode regelmäßig. Und lang. Jedes Mal
aufs Neue litt sie. Ihr Körper, ohnehin schon geschwächt,
kämpfte mit diesen zusätzlichen Belastungen. Und wir
kämpften mit – hilflos, aber voller Liebe. Es war eine
weitere Prüfung. Eine weitere Stolperfalle auf einem
ohnehin schon unebenen Weg. Und doch gingen wir ihn
weiter – weil Summer ihn ging. Weil sie uns brauchte. Und
weil wir gelernt hatten: Liebe bedeutet auch, da zu bleiben,
wenn alles weh tut. So lief das Leben. Es schenkte uns
Licht – und warf uns dann wieder in den Schatten.

Aber wir hatten gelernt, auch dort Kerzen anzuzünden.
Für Summer. Mit Summer. Immer. Es war unser stilles
Ritual geworden – ein Moment des Lichts inmitten all der
Dunkelheit. Wir wussten längst, dass das Leben nicht
anhält, nicht wartet. Und trotzdem waren wir
weitergegangen.Weil wir gelernt hatten, die kleinen Dinge
zu sehen – ein Sonnenstrahl auf Summers Gesicht, ein
Lächeln, ein tiefer Atemzug.
Solange wir das konnten, würden wir nicht zerbrechen.
Wir waren stark – als Familie. Das war etwas, das uns
niemand nehmen konnte. Nicht einmal der Tod.

Kapitel 16: Wenn Alpträume wahr werden

Wir dachten, wir hätten schon so vieles durchgestanden. So viele Nächte mit Sorgen, so viele Tage voller Angst. Wir glaubten, wir wären gewappnet. Das uns so schnell nichts mehr erschüttern könnte. Doch wir irrten uns. Es begann leise. Mit einem Weinen, das anders war als sonst. Tiefer. Dunkler. Ein Weinen, das durch Mark und Bein ging, wie ein leiser Hilfeschrei, der direkt in unser Herz traf. Wir taten, was wir immer taten – griffen zu Schmerzmitteln, versuchten ihr Erleichterung zu verschaffen. Doch diesmal schien alles nur kurz zu wirken, wenn überhaupt. Summer war unruhig, rastlos, und etwas in uns spürte: Da ist etwas im Gange, das größer ist als ein einfacher Infekt. Wir riefen unseren Kinderarzt. Gemeinsam starteten wir eine Schmerztherapie mit mehreren Medikamenten. Anfangs wirkte es, zumindest ein bisschen. Wir schöpften Hoffnung. Summer hatte wohl einen Infekt – das kannten wir, das konnten wir. Aber diese Unruhe, dieses Schlafen nur im Sitzen, nur an unsere Brust gelehnt, die Beine angewinkelt, der ganze kleine Körper angespannt – das war neu. Beunruhigend neu. Tag und Nacht wichen wir nicht von ihrer Seite. Wir hielten sie, wiegten sie, flüsterten ihr zu, dass alles gut wird. Das sie nicht allein ist. Das wir bei ihr bleiben. Immer. Doch Summer fand keinen Frieden. Nicht im Körper, nicht in der Seele. Und wir auch nicht. Dann kam die Nacht, die uns für immer verändern sollte. Summer war wieder unruhig. Ihre Atmung klang schwer.

Sie kämpfte – nicht laut, aber unübersehbar.

Es war, als würde jeder Atemzug Kraft kosten.

Und plötzlich war da dieses Gefühl in meiner Brust. Dieses dumpfe, eindringliche Bauchgefühl, das ich so gut kannte. Dieses Gefühl, das mich in all den Jahren nie getäuscht hatte. Etwas stimmt nicht. Ich sah sie an – mein Mädchen, meine kleine Kämpferin – und wusste, dass es Zeit war, Hilfe zu holen. Diesmal reichte kein Warten. Kein Hoffen. Kein vielleicht morgen. Wir riefen den Rettungsdienst. Als sie kamen, war Summer gerade eingeschlafen. Ihre Atmung war oberflächlich, aber nicht dramatisch. Die Sättigung lag im grünen Bereich. Die Sanitäter waren freundlich, routiniert – sie sahen keinen Grund, sie mitzunehmen. Ich sah in ihre Augen, suchte dort, was ich in mir spürte: Angst. Dringlichkeit. Doch sie blieben ruhig. „Beobachten Sie sie weiter", sagten sie. Und wir blieben zurück – mit unserer Angst, mit unserem Bauchgefühl, mit Summer, die sich zusehends verlor. Auch der Kinderarzt wusste keinen Rat. Er war selbst krank, konnte nicht kommen. Und wir? Wir waren wieder allein. In dieser kalten, hilflosen Stille. Zwei Tage später war ich am Ende. Summer war fiebrig, trotz Medikamente. Glühend heiß. Und wieder diese Unruhe. Ich streichelte über ihre Haare, fühlte ihre Stirn, spürte ihre angespannte Atmung – und da war es wieder. Dieses Gefühl. Jetzt! Und dann kam der Moment, vor dem ich immer Angst hatte. Summer lag an meine Brust gelehnt, so wie sie es immer tat, wenn sie sich nicht mehr selbst halten konnte.

Ihr Kopf ruhte unter meinem Kinn, ihr kleiner Körper drückte sich erschöpft gegen mich. Plötzlich veränderte sich ihre Atmung. Sie wurde schnell, hastig – jeder Atemzug klang, als würde sie gegen eine unsichtbare Wand ankämpfen. Ihre kleinen Schultern zitterten, ihre Brust hob und senkte sich ruckartig, als müsse sie einen steilen Berg erklimmen, mit jedem Atemzug ein Stück höher, schwerer, verzweifelter.Ich spürte jeden einzelnen Atemzug an meinem eigenen Körper – spürte, wie sehr sie kämpfen musste. Und ich spürte: Es wird schlimmer. Es wird gefährlich. Ich hielt sie fest und versuchte Ruhe zu bewahren, aber in mir tobte der Sturm. Ich wählte den Notruf. Meine Finger zitterten, meine Stimme brach fast, aber ich brachte die Worte heraus. „Meine Tochter atmet sehr schwer. Es ist ernst." Alles ging so schnell.

Und doch schien jede Sekunde wie eine Ewigkeit.

Dann – endlich – das Blaulicht.

Die Tür öffnete sich, und eine Notärztin beugte sich über Summer, die noch immer eng an mich geschmiegt war.

Sie hörte sie ab, hob den Kopf – und dann kam der Satz, der mir den Boden unter den Füßen wegzog: „Das muss jetzt ganz schnell gehen. Ihrer Tochter geht es wirklich nicht gut." Sie legten Summer Sauerstoff an, versorgten sie medizinisch – alles war so professionell, so schnell, so fokussiert. Marc fuhr mit im Rettungswagen.

Ich musste bei Ian bleiben, der noch schlief. Als sich die Tür des Krankenwagens schloss, fühlte es sich an, als hätte man mir das Herz herausgerissen.

Ich stand da. Allein. Stille. Und die Leere. Ich konnte nicht aufhören zu weinen. Alles in mir war nur noch Angst, Schmerz und eine ohnmächtige Liebe, die nicht wusste, wohin. Als Ian wach wurde, nahm ich all meine Kraft zusammen. Ich erklärte ihm, so gut ich konnte, dass Summer ins Krankenhaus musste, dass sie Hilfe braucht. Er sagte nichts – sah mir nur in die Augen. Und irgendwie verstand er. Wir fuhren los. Der Bus war langsam, viel zu langsam. Jeder Meter fühlte sich wie ein Kilometer an. Mein Handy vibrierte. Es war Marc. „Lungenentzündung. Eine ganz schwere. Es sieht nicht gut aus." Ich erstarrte. Alles in mir brach. Mein Herz hörte auf zu schlagen – für einen Moment zumindest. Ich konnte nicht glauben, was ich las. Lungenentzündung. Unsere Summer.

Unser Kind, das so oft gekämpft hatte. Sollte es jetzt…? Ich wollte schreien. Weinen. Irgendetwas zerschlagen. Stattdessen starrte ich aus dem Fenster und betete stumm, dass es ein Albtraum war, dass ich jeden Moment aufwachen würde. Doch ich wachte nicht auf. Marc schrieb erneut: „Sie liegt auf der Intensivstation." Ich klammerte mich an die Hoffnung, so schwach sie auch war. Flüsterte immer wieder ihren Namen. Halt durch, meine Kleine. Bitte halt durch.

Und ich wünschte mir nur eines: Dass, der Bus fliegen könnte.

Kapitel 17: Der große Kampf

Als wir das Krankenhaus betraten, blieb mir beinahe das Herz stehen. Da saß sie. Unsere kleine Kämpferin. Zusammengekauert auf den Knien, genau wie zu Hause, wenn sie Ruhe suchte – und doch war nichts an dieser Szene ruhig. Auf ihrem Kopf eine riesige Beatmungsmaske, die fast ihr ganzes Gesicht bedeckte. Nur ihre Augen blitzten darunter hervor, unruhig, voller Angst. Sie wirkte so klein in diesem großen, sterilen Bett. So verloren. So verletzlich. Und gleichzeitig – so stark. Um sie herum ein Meer aus Kabeln, Schläuchen, blinkenden Monitoren. Die Luft war erfüllt vom gleichmäßigen Rauschen des Beatmungsgeräts, durchdrungen von piepsenden Alarmen und dem Murmeln fremder Stimmen. Ich fühlte mich, als hätte man uns mitten in einen Alptraum geworfen – aber es war real. Bitter, kalt, unentrinnbar echt. Mein Blick blieb an ihrem kleinen Körper hängen. So zart. So erschöpft. Ihre Hände suchten Halt, ihre Bewegungen waren fahrig, voller Unruhe. Ich wollte sie einfach nur in den Arm nehmen, sie vor all dem schützen. Doch ich stand da, hilflos, zitternd, mit einem gebrochenen Herzen. Ein Arztgespräch folgte.

Die Worte erreichten mich nur wie durch einen Schleier. Es war, als ob jemand durch Wasser zu mir sprach – dumpf, fremd, fordernd. Irgendwo darin versteckte sich ein Ton, der wie ein Messer schnitt: vorwurfsvoll, kritisch. Es fühlte sich an, als würde man uns die Schuld geben. Ich schaute Marc an.

In seinem Blick sah ich denselben Gedanken, der in mir schrie: Haben wir etwas übersehen? Haben wir versagt? Aber das stimmte nicht. Wir hatten jeden Atemzug mit ihr geteilt, jede Träne mit ihr geweint, jede Hoffnung mit ihr getragen. Wir waren ihre Stimme, ihre Kraft, ihre Welt. Wir hatten sie nie im Stich gelassen. Und das würde sich auch jetzt nicht ändern. Glücklicherweise wandelte sich die Haltung des Personals uns gegenüber bald. Sie merkten, dass wir keine „Besucher" waren – wir waren ein Teil von Summer, genauso wie sie ein Teil von uns war. Wir organisierten alles, was ihr Sicherheit und Geborgenheit geben konnte. Ihr Lieblingsstofftier, ihre Decke, ihre Musik – all die kleinen Dinge, die nach zuhause rochen, nach Liebe. Marc übernahm die Nächte im Krankenhaus. Er wich ihr nicht von der Seite, sprach leise mit ihr, hielt ihre Hand, wachte über sie. Ich war tagsüber bei ihr – so oft und solange ich konnte, zwischen den Momenten, in denen ich auch für Ian da sein musste. Es war schwer, alles zu schaffen, aber ich war da. Jeden Tag. Mit meinem ganzen Herzen. So war Summer niemals allein – weder in der Dunkelheit der Nacht noch im Licht des Tages. Da sie nicht zur Ruhe kam und ihr Körper dringend Erholung brauchte, wurde sie sediert. Ich erinnere mich an das Bild, wie sie dort lag – ruhig, wie schlafend, an unzählige Geräte angeschlossen. Ihr kleiner Brustkorb hob und senkte sich mit der künstlichen Atmung. Ich hielt ihre Hand. Und betete. Für Kraft. Für Hoffnung. Für ein Wunder.

Mehrere Antibiotika wurden gegeben und ihr wurde eine Nasensonde gelegt. Doch das Fieber ließ sich nicht brechen. Beim ersten Versuch, sie aus der Sedierung zu holen, scheiterte ihr Körper – zu schwach, zu erschöpft. Also schickte man sie erneut in den künstlichen Schlaf. Und mein Herz schrie. Doch langsam, fast unmerklich, kam ein Wandel. Ihre Werte stabilisierten sich leicht, das Fieber ging zurück. Die Sedierung wurde nun behutsam ausgeschlichen – Schritt für Schritt, Milliliter für Milliliter. Dann kam dieser Moment, der sich in meine Seele eingebrannt hat. Sie war wach, aber noch unruhig, verwirrt, überfordert. Ich erzählte einer der Schwestern, dass Summer zu Hause oft zur Ruhe kam, wenn sie an meine Brust gelehnt lag – ganz nah, wie in einem sicheren Kokon aus Wärme und Liebe. Also wagten wir es auch hier. Ich nahm sie vorsichtig in meine Arme. Ihr Körper war glühend warm, durchgeschwitzt, müde.

Und dann – ganz leise, ganz langsam – schmiegte sie sich an mich. Ihr kleiner Kopf legte sich an meine Schulter, ihr Atem war schnell, aber da. In diesem Moment spürte ich: Sie war noch da. Nicht nur körperlich. Sie war wirklich da. Sie wollte leben. Es war, als hätte sie mir ohne Worte gesagt: Mama, ich kämpfe weiter.

Bitte gib mich nicht auf. Wir sprachen in dieser Zeit mit den Ärzten über lebenserhaltende Maßnahmen – ein Gespräch, dass uns erneut das Herz zerriss. Aber wir waren vorbereitet. Wir wussten: Wenn Summer nicht mehr kann, wenn sie gehen will, dann darf sie das.

Wir würden sie nicht festhalten aus Angst oder Egoismus. Ihre Würde ging über alles. Doch Summer zeigte uns das Gegenteil. Sie wollte bleiben. Sie wollte kämpfen. Und sie kämpfte wie ein Löwe. Dann kam die bittere Erklärung: Man vermutete, dass sie Nahrung verschluckt hatte – vielleicht unbemerkt. Die Angst nagte sich tief in unser Herz. Denn wenn es einmal passiert war, konnte es jederzeit wieder passieren. Also entschieden wir schweren Herzens: Die Nasensonde bleibt. Vorerst. Sicherheit war jetzt alles. Die nächsten Tage waren geprägt von Rückschlägen. Durchfälle, Wund sein, Schmerzen. Und doch – sie blieb tapfer. Stark. Unsere Heldin. Nach 13 langen, intensiven Tagen – voller Tränen, Zweifel, Hoffnung und Liebe – durften wir endlich nach Hause. Unsere Tochter hatte sich zurück ins Leben gekämpft. Sie hatte es geschafft. Doch auch hier gab es Stolpersteine. Der bestellte Sauerstoff kam nicht rechtzeitig.

Also verbrachten wir die erste Nacht zu Hause in höchster Alarmbereitschaft. Das Pulsoximeter blieb an ihrem kleinen Finger, wir saßen an ihrem Bett, hielten Wache. Schlaflos. Wachsam. Und voller Sorge. Doch auch diese Nacht überstanden wir. Gemeinsam. Am nächsten Morgen kam endlich der Sauerstoff.

Mit ihm: ein Hauch von Erleichterung. Ein kleines bisschen Sicherheit. Wir waren erschöpft. Ausgelaugt. Und gleichzeitig unendlich stolz.

Denn unsere Tochter hatte uns einmal mehr gezeigt, was wahre Stärke bedeutet.

Selbst in den dunkelsten Nächten kann ein Funke Licht brennen –wenn man liebt, wenn man hofft, wenn man nicht aufhört zu glauben.Wir glaubten.

Wir haben immer an sie geglaubt.

An ihre Kraft, an ihren Mut, an das Wunder, das sie war.

Für uns war es nie eine Frage – Summer hatte die Macht, Berge zu versetzen.

Nur mit ihrem starken Willen, mit ihrem unerschütterlichen Herzen.

Und wir durften sie begleiten, auf diesem einzigartigen Weg.

Kapitel 18: Die nächste Runde

Die Wochen nach dem Krankenhausaufenthalt fühlten sich an wie ein Balanceakt auf dünnstem Eis – ein ständiger Wechsel zwischen Hoffnung und Angst, zwischen kleinen Fortschritten und der Furcht vor dem nächsten Einbruch. Zwar erholte sich unsere geliebte Summer Schritt für Schritt, aber sie war noch lange nicht stabil. Ihre kleinen Lungen hatten schwer gelitten.
Sie brauchte oft Sauerstoff, und jeder Atemzug wurde zu einer zitternden Prüfung. Unser Familienleben stellte sich einmal mehr auf den Kopf. Nichts war mehr wie vorher. Alles musste neu gedacht, neu organisiert, neu gelebt werden. In den ersten beiden Wochen nach ihrer Entlassung versuchten wir, in einem Zwei-Stunden Rhythmus abwechselnd zu schlafen. Einer wachte über Summer, der andere versuchte, irgendwie Kraft zu schöpfen. Doch unsere Körper machten das nicht lange mit. Wir waren erschöpft, unsere Seelen wund, unsere Gedanken schwer. Es funktionierte nicht. Also entschieden wir uns: Wir drehen alles auf Summers Rhythmus. Im Krankenhaus hatte sie ihren Schlaf-Wach-Zyklus vollkommen umgedreht. Sie war nachts wach, aufmerksam, manchmal sogar vergnügt – und schlief dafür tagsüber tief und fest. Einfach mit ihr schlafen zu gehen war keine Option. Zu groß war die Angst, etwas zu übersehen. Wir hatten nur ein einfaches Pulsoximeter, dass uns keinen Alarm auslösen konnte, wenn ihre Sättigung fiel.

So begann unsere ganz eigene Schichtarbeit:

Marc übernahm ab etwa 22 oder 23 Uhr bis in die frühen Morgenstunden. Ich löste ihn gegen 4 Uhr ab, bereitete alles für den Tag vor, beobachtete ihre Werte, hielt ihre kleinen Hände und versuchte, ihre Nähe zu genießen – auch wenn die Angst ständig mit am Bett saß.

Gegen 8 Uhr begann mein Arbeitstag im Homeoffice. Wenn Summer vormittags schlief, konnte ich Marc noch etwas Schlaf gönnen. Gegen Mittag stand er auf und übernahm. Ich versuchte, nach Feierabend etwas zu ruhen, bis wir gemeinsam den Nachmittag als Familie verbrachten – so gut das eben ging. Zwischen 19 und 20 Uhr legte sich Marc nochmal kurz hin, um Kraft für die nächste Nacht zu schöpfen. Wir lebten im Takt ihrer Atemzüge. In dieser intensiven Zeit lernte ich durch mein Hobby – das kreative Basteln – eine Gruppe von wundervollen Frauen kennen. Drei von ihnen wurden besonders wichtig. Sie kannten mich nicht aus dem Leben davor, sie lernten mich kennen, als mein Herz bereits voller Risse war. Vielleicht war genau das der Grund, warum sie mir so nah kamen. Wir tauschten Ideen, schickten uns kleine Werke, sprachen über unser kreatives Chaos – und auch über das echte. Über Schmerz. Über Liebe. Über das, was bleibt, wenn der Alltag stillsteht. Eine dieser Frauen war Jacki. Zwischen ihr und Summer entstand eine Verbindung, die ich bis heute kaum erklären kann. Jacki spürte oft intuitiv, wenn es Summer schlecht ging.

Dann schrieb sie mir, schickte eine Sprachnachricht, fragte, ob alles in Ordnung sei. Und andersherum – wenn es Jacki nicht gut ging, wurde auch Summer unruhig, als würde sie spüren, dass etwas nicht stimmt. Zwei Seelen, die einander fanden, ohne sich je begegnet zu sein.

Es war magisch – und wunderschön.

Meine beste Freundin Sandra war in all dem ein beständiger Anker. Sie kannte uns von früher, sie kannte mich, mein altes Ich – das fröhlichere, sorglosere. Und trotzdem war sie nie überfordert mit dem, was wir jetzt waren. Sie war da. Immer. Mit offenen Armen, offenen Ohren und einem Herzen, das mich trug, wenn meine Beine schwach wurden. Doch vier Wochen nach der Entlassung traf uns die nächste Welle. Es war ein Samstag. Sandra war zu Besuch. Wir bemerkten, dass Summer schwerer atmete, öfter den Sauerstoff brauchte.

Erst dachten wir, es sei nur ein schlechter Tag.

Am Abend wurde es kurz besser – wir klammerten uns an diese Hoffnung. Aber in der Nacht verschlechterte sich ihr Zustand wieder. Der Sonntag brachte keine Besserung. Irgendwann war der Punkt erreicht, an dem wir alles Menschenmögliche getan hatten – und dennoch reichte es nicht mehr. Unsere damalige Versorgung ermöglichte nur 5 Liter Sauerstoff pro Minute. Wir wussten: Das ist zu wenig. Am Sonntagnachmittag riefen wir den Rettungswagen. Wieder fuhr unsere kleine tapfere Tochter in einem Fahrzeug voller Blaulicht durch die Straßen – zurück auf die Intensivstation.

Wieder Geräte. Wieder Kabel. Wieder piepsende
Monitore. Doch diesmal war es keine neue
Lungenentzündung. Ihre Lunge war einfach zu schwer
geschädigt. Sie konnte nicht mehr allein mithalten. Das
Team im Krankenhaus reagierte schnell und mitfühlend.
Man erkannte, dass wir mehr Unterstützung brauchen
würden – nicht nur kurzfristig, sondern langfristig. So
organisierte man innerhalb kürzester Zeit eine komplette
Ausstattung für die häusliche Intensivpflege: einen
Monitor, ein Absauggerät, einen Cough-Assist zur
Unterstützung beim Abhusten, und vor allem eine neue
Sauerstoffversorgung, mit der wir bis zu 15 Liter geben
konnten. Zusätzlich wurde uns ein High-Flow-Gerät
verordnet – denn wir merkten: Es war oft nicht nur
Sauerstoff, den Summer brauchte, sondern der Reiz zum
Atmen selbst. Nach vier Tagen durften wir sie wieder mit
nach Hause nehmen. Dieses Mal mit 45 Liter-
Sauerstoffflaschen. Summers Kinderzimmer wurde zur
Mini-Intensivstation. Doch blieb eines gleich: Wir ließen
sie keinen Moment allein. 24/7-Betreuung, wieder einmal.
Wieder schlaflose Nächte. Wieder wechselten wir uns ab.
Wir funktionierten – und lebten doch nur noch in
Momenten. Als Paar waren wir kaum noch präsent.
Aber wir waren ihre Eltern. Sie brauchte uns. Das war
alles, was zählte. Doch ein neues Problem trat auf. Die
Krankenkasse zahlte für das dringend benötigte High-
Flow-Gerät nur eine Pauschale – zu wenig für unseren
Versorger. Er lehnte ab.

Wieder ein Stein im Weg. Wieder mussten wir kämpfen.
In unserer Verzweiflung wandten wir uns direkt an die
Krankenkasse – und trafen auf zwei weitere Engel, die uns
jedoch nur für einen kurzen Moment begleiteten.
Engel Nummer 1 war eine Dame am Telefon, die uns
ehrlich sagte, dass sie die Pauschale nicht ändern könne.
Aber sie versprach, nach einem anderen Versorger zu
suchen. Und sie tat es. Innerhalb eines Tages fand sie
jemanden. Sie rief zurück, versprach, dass man sich meldet
– und hielt Wort. Engel Nummer 2 war die Mitarbeiterin
des neuen Versorgers. Eine Frau mit einem großen
Herzen. Sie rief mich am Mittwoch an und erklärte, das
Gerät sei bestellt, sie hoffe auf eine Lieferung bis Freitag.
Ich erzählte ihr, wie schlecht es Summer gerade gehe – dass
wir hoffen, nicht wieder ins Krankenhaus zu müssen.
Am Freitagmittag rief sie erneut an.
Das Gerät war noch nicht eingetroffen. Sie hätte gleich
Feierabend. Ich war am Boden – sicher, dass wir wieder
zurück ins Krankenhaus müssten.
Doch kurz vor 14 Uhr klingelte mein Handy erneut.
„DHL war da. Das Gerät ist angekommen." Dann sagte
sie etwas, das ich nie vergessen werde: „Eigentlich hätte ich
jetzt Feierabend aber ich kann nicht ins Wochenende
gehen und wissen, dass da eine Familie ist, die leidet –
obwohl die Lösung hier vor mir steht. „Ich komme." „In
zwei Stunden bin ich bei euch." Tränen liefen mir über das
Gesicht. So viel Menschlichkeit war selten.

Ich bastelte noch schnell ein kleines Dankeschön für sie, ein winziges Zeichen unserer Dankbarkeit. Als sie kam, brachte sie alles mit, erklärte geduldig, wie wir das Gerät einsetzen sollten, und verabschiedete sich mit einem Lächeln, das Licht in unsere Dunkelheit brachte. Als sie gegangen war, schauten wir uns um. Der Monitor, die Schläuche, die Geräte, das Surren und Brummen – Summers Kinderzimmer war jetzt eine Intensivstation. Aber sie war da. Und wir waren bereit, alles zu geben.

Kapitel 19 – Zwischen Lachen und Weinen

Langsam, fast unmerklich, besserte sich Summers Lungenzustand. Die neuen Geräte – allen voran das High-Flow – brachten spürbare Entlastung.
Ihre Atmung wurde ruhiger, gleichmäßiger. Wir konnten förmlich zusehen, wie ihr kleiner Körper sich erholte.
Für einen Moment hatten wir das Gefühl, nicht mehr gegen das Unvermeidliche anzukämpfen, sondern mit der Krankheit leben zu können. Es war ein leiser Hoffnungsschimmer – ein zartes Licht inmitten dunkler Tage. Doch diese Erleichterung hatte ihren Preis.
Das High-Flow-Gerät wurde zu ihrem ständigen Begleiter. Es war laut, präsent und fordernd. Stundenlang hing sie daran, Tag für Tag. Dennoch – oder vielleicht gerade deshalb – bewahrte sie sich ihren einzigartigen Humor, ihren Charme, ihre Freude am Leben. Sie war so unfassbar stark. Summer hatte eine neue Art entdeckt, uns zu ärgern – auf ihre liebevolle, schelmische Weise. Immer wieder zog sie sich den High-Flow-Schlauch aus der Nase, schaute uns mit großen Augen an und grinste breit, wenn wir es bemerkten. Dieses freche Lächeln, dieses stille Spiel war ihr Statement: „Ich bin noch da. Ich bin mehr als meine Krankheit." In diesen Momenten lachten wir oft – obwohl uns manchmal gleichzeitig die Tränen in den Augen standen. Denn die Wahrheit war bitter: Sie konnte nicht mehr laufen. Ihre Muskeln hatten an Kraft verloren, ihre Beine trugen sie nicht mehr.

Auch das eigenständige Umlagern funktionierte nicht mehr – ihr Körper war müde, erschöpft, ausgelaugt.

Und doch – ihr Geist, ihr Wille, ihre Lebensfreude – sie strahlten heller denn je. Anne, ihre vertraute Therapeutin, war inzwischen mehr als nur ein Teil des medizinischen Teams. Sie war Familie geworden. Mit unglaublicher Hingabe arbeitete sie an Summers Lunge, stärkte gleichzeitig ihre Arme, Beine, Gelenke, ihren gesamten Körper. Aber vor allem schenkte sie ihr Nähe, Liebe und Vertrauen. Summer genoss diese Begegnungen – sie blühte regelrecht auf. Es war wunderschön zu sehen, wie Anne ihr das Gefühl gab, gesehen zu werden, wertvoll zu sein – unabhängig von ihrer körperlichen Situation. So gut es nach außen oft wirkte – innerlich war es schwer. Zermürbend. Herzzerreißend. Summer lag dort – winzig, verletzlich – umgeben von Schläuchen, Monitoren, Technik. Die Sonde war auf ihrer kleinen Wange fixiert, und wir wussten: Ohne all das würde sie nicht atmen können. Immer wieder liefen uns Tränen über das Gesicht. Die Hilflosigkeit, das Wissen um ihre Zerbrechlichkeit – es nahm uns oft die Luft zum Atmen. Und trotzdem: Ihr Lächeln, ihr Mut, ihre Stärke – sie waren unsere Rettung. Die folgenden Monate vergingen ruhig – fast zu ruhig. Keine akuten Krisen, keine neuen Katastrophen. Aber auch keine echten Fortschritte. Es war ein Stillstand im Ausnahmezustand. Unsere HNO-Ärztin kam regelmäßig vorbei, untersuchte Summers Nase auf mögliche Schäden durch den Dauerschlauch – doch dank intensiver Pflege war alles in Ordnung.

Jeder noch so kleine medizinische Erfolg war für uns ein innerer Applaus. Marc bemerkte eines Tages, dass sich Summers Atmung erleichterte, wenn er ihren Kiefer ein wenig nach vorn schob. Eine kleine Beobachtung – mit großer Wirkung. Unsere Ärztin horchte aufmerksam auf – und hatte sofort eine Idee: Eine Antischnarchschiene könnte denselben Effekt dauerhaft erzielen. Es war ein neuer Hoffnungsschimmer. Wir vereinbarten einen Termin beim Zahnarzt. Und wieder einmal zeigte sich: Diese Praxis war ein Geschenk. Ein Kind wie Summer zu behandeln – mit all ihren Besonderheiten, ihren Geräuschen, ihrer Unruhe – war keine einfache Aufgabe. Doch das gesamte Team agierte mit einer Mischung aus Professionalität, Einfühlungsvermögen und bewundernswerter Ruhe. Jeder wusste, was zu tun war. Jeder Handgriff saß. Meist verließen wir die Praxis nach fünf Minuten – ohne Tränen, ohne Stress. Der Zahnarzt erklärte uns, was für die Beantragung der Schiene nötig wäre. Ein Schlaflabor müsse bestätigen, dass Summer unter Schlafapnoe leidet. Also bekamen wir ein weiteres Gerät – Kabel, Schläuche, Sensoren. Unser kleines Mädchen wurde zum Versuchslabor. Doch am Ende – obwohl die Daten kaum auswertbar waren – erhielten wir dennoch die Verordnung. Ein kleiner Sieg. Und dann – der Rückschlag: Die Schiene könnte nur nach einer umfassenden Zahn-OP eingesetzt werden. Eine Narkose war unumgänglich. Doch Summers Grunderkrankung und ihre speziellen anatomischen Gegebenheiten machten das nahezu unmöglich.

Eine Intubation war ausgeschlossen.

Die Risiken waren schlicht zu hoch. Wieder ein Traum geplatzt. Wieder standen wir da – ohnmächtig, wütend, traurig. Warum konnte nicht einfach mal etwas funktionieren? Doch Summer ließ sich nicht beirren. Ohne Schiene, ohne OP – aber mit Mut. Mit Willen. Mit diesem unerschütterlichen Strahlen in den Augen. Sie zeigte uns jeden Tag: Es geht nicht darum, was nicht möglich ist. Es geht darum, was wir daraus machen. Und so lebten wir weiter. Zwischen Hoffnung und Angst. Zwischen Lachen und Weinen.

Kapitel 20 – Plötzlich ein Teenager

Summers 13. Geburtstag stand bevor – und mit ihm eine ganz besondere Mischung aus Aufregung, Liebe und einer unterschwelligen, schwer greifbaren Angst. In vielen Familien ist der 13. Geburtstag einfach ein neuer Lebensabschnitt. Teenager – das klingt nach Selbstständigkeit, nach Pubertät, nach Aufbruch. Bei uns klang es anders. Zerbrechlicher. Ungewisser. Wir hatten diesen Tag wie immer vorbereitet – mit großer Hingabe, mit vielen Tränen im Verborgenen, aber vor allem mit Liebe. Geburtstage waren bei uns nicht nur Feierlichkeiten. Sie waren Etappen eines Kampfes, der jeden Tag neu gekämpft werden musste. Jeder Geburtstag war ein Sieg über die Zeit, über die Diagnose, über die Zweifel. Jeder Geburtstag war ein Geschenk. Und jedes Jahr wurde dieses Geschenk kostbarer. Wir konnten gar nicht zählen, wie oft wir in den letzten Jahren morgens neben Summer saßen, ihre Hand hielten, ihr beim Atmen zuhörten und uns fragten, wie lange wir sie noch bei uns haben würden. Aber dann stand wieder ein Geburtstag an – und wir wussten: Wir haben wieder ein weiteres Jahr mit ihr bekommen. Einer dieser Geburtstage ist uns besonders tief im Herzen geblieben: Es war der Tag, an dem wir unser ganzes Wohnzimmer in eine riesige Bausteinoase verwandelten. Summer liebte Bausteine – besonders große, bunte Plastiksteine, mit denen sie greifen, fühlen und kreativ sein konnte. So fragten wir alle, die ihr nahestanden, ob sie ihr nicht einfach nur Bausteine schenken könnten.

Und das taten sie – in Mengen, die wir kaum unterbringen konnten. Säcke voller Steine, alle gleich groß, alle kompatibel, alle in strahlenden Farben. Als Summer an diesem Tag durch das Wohnzimmer lief, traute sie ihren Augen kaum. Überall lagen Bausteine – in Eimern, in Körben und einfach verstreut auf dem Boden. Ihre Augen leuchteten, und ihr Lachen war ansteckend.

Die ganze Familie versammelte sich auf dem Boden, und wir fingen an zu bauen. Große Türme, bunte Wände, schräge Häuser – und mittendrin war Summer, die selbst hier und da einzelne Steine zusammensetzte.

Manchmal auch verkehrt herum. Oder an völlig unpassender Stelle. Aber das war völlig egal.

Denn sie lachte. Sie stibitzte Bausteine von ihren Geschwistern, grinste verschmitzt, wenn sie jemandem ein Teil „klaute", und war der Mittelpunkt unseres kleinen bunten Bausteinuniversums. Am Ende des Tages stand in unserem Wohnzimmer ein riesiges Haus aus Bausteinen – groß genug, dass Summer hineinkrabbeln konnte.

Das tat sie – eingewickelt in eine Decke, mit einem Kissen unter dem Kopf – und lag darin wie in einem Palast. Unser Palast. Unser Tag. Unsere kleine Welt, in der alles für einen Moment gut war. Und nun – nun sollte sie dreizehn werden. Ein Teenager. Plötzlich. Wir wussten, was diese Zahl bedeutete. In den letzten Jahren hatten wir in unserer MPS-Facebookgruppe viele andere Eltern kennengelernt. Einige von ihnen hatten dort ihre Geschichten geteilt – offen, ehrlich, oft schmerzhaft.

Wir lasen mit. Still, mitfühlend, oft mit Tränen in den Augen. Viele dieser Familien hatten ihre Kinder im Teenageralter verloren. Für einige war die 13 eine unsichtbare Grenze gewesen, die ihre Kinder nicht mehr überschritten hatten.

Nun war unsere Summer genau dort angekommen. Trotzdem wollten wir diesen Tag nicht mit Angst überschreiben. Wir wollten ihn feiern. Laut, liebevoll, mit Glitzer und Hoffnung. Da Summer inzwischen die meiste Zeit in ihrem Zimmer verbrachte, beschlossen wir, dort eine kleine Welt nur für sie zu erschaffen. Wir schmückten ihr Zimmer stundenlang. Rosa Luftballons, glitzernde Girlanden, eine funkelnde „13" an der Wand. Überall kleine Herzchen, Schleifen, liebevolle Details – genau so, wie sie es liebte. Für diesen besonderen Tag hatten wir ihr ein wunderschönes Kleid ausgesucht. Es war in Weiß und Rosa gehalten, mit schwarzem Glitzer durchzogen, der im Licht funkelte. Dazu gab es einen weichen Bolero, denn sie fror schnell.

Als wir sie anzogen, hielten wir kurz inne.

Sie sah so erwachsen aus. Und doch so klein.

So zerbrechlich. So schön. Eine kleine Dame.

Eine Prinzessin. Eine Heldin. An diesem Tag wollten wir vergessen. Vergessen, wie schwer sie es hatte. Wie viele Geräte sie versorgten. Wie viele Medikamente sie bekam. Wie oft ihre Sauerstoffsättigung fiel. Wie oft ihr Puls zu hoch war. Wie oft unser Herz stockte, wenn die Werte sich verschlechterten.

Für diesen einen Tag wollten wir nur sehen, was war: Ein wunderschönes, geliebtes Mädchen. Unsere Tochter. Unsere Teenagerin. Im Laufe des Tages kamen einige liebe Menschen vorbei. Es wurde gelacht, erzählt, gespielt. Die Stimmung war warm, weich, hell.

Auch wenn Summer nicht lange wach bleiben konnte, merkte man ihr an, dass sie den Trubel genoss.

Sie war präsent, schaute sich alles an, bewegte ihre Finger, beobachtete uns mit ihren Augen.

Am Abend kam dann auch noch Anne vorbei – wie hätte sie fehlen können. Sie gehörte längst zur Familie. Summer blühte auf, als sie sie sah. Anne hatte ein Gespür für sie. Für ihre Launen, ihre Müdigkeit, ihre stille Freude.

Als Anne sich zu ihr setzte, ihre Hand nahm und leise mit ihr sprach, wurde alles ruhig. Wir alle wussten in diesem Moment: Es war ein guter Tag gewesen. Ein wichtiger Tag. Später, als alles leiser wurde und Summer müde in ihrem Bett lag, trat ich noch einmal an ihre Seite. Ihr Gesicht war friedlich, ihre Augen halb geschlossen. Ich beugte mich zu ihr hinunter, strich ihr übers Haar und flüsterte: „Happy Birthday, mein Herz. Du bist jetzt dreizehn. Und du bist wundervoll."

In mir war so viel – Stolz, Angst, Dankbarkeit, Liebe. Und ein einziger Wunsch: „Bitte bleib bei uns. Bitte lass uns auch deinen vierzehnten Geburtstag feiern." Und obwohl ich keine Antwort erwartete, sah ich, wie sie ganz leicht lächelte.

Wir kuschelten uns ganz nah an sie. Ihr kleiner Körper lag zwischen uns, eingehüllt in Wärme, Geborgenheit und all der Liebe, die wir zu geben hatten.

Auf dem Bildschirm flimmerte erneut eine Folge Barbie – eine von vielen, die wir längst mitsprechen konnten.

Wir kannten jede Szene, jeden Dialog, jeden Moment.

Und doch war es nie langweilig, nie zu viel. Denn solange es ihr dabei gut ging, hätten wir diese Filme auch tausend weitere Male geschaut – mit ihr, für sie, mit leuchtenden Augen und müden Gliedern.Summer war ganz ruhig. Ihr Atem wurde gleichmäßig. Eng an uns geschmiegt, mit einem kleinen Lächeln auf den Lippen, glitt sie sanft hinüber in den Schlaf. Als hätte sie in diesem Moment alles, was sie brauchte. Marc und ich schauten uns an – ein Blick, in dem so viel lag: Erschöpfung, Liebe, Hoffnung.

Für einen winzigen, kostbaren Moment fühlte es sich an, als wären wir einfach nur eine ganz normale Familie.

Ohne Sorgen. Ohne Ängste. Ohne Krankheit.

Nur wir – und dieses Gefühl, das alles heil machen konnte.

Liebe.

Kapitel 21 – Ein Schritt nach vorn, ein Schritt zurück

Dank Annes unermüdlichem Einsatz bekamen wir Summers Lungensituation zunehmend besser in den Griff. Es gab natürlich Höhen und Tiefen – Tage, an denen alles erstaunlich gut funktionierte, und andere, die uns an unsere Grenzen führten. Aber insgesamt hatten wir das Gefühl, ein wenig Stabilität gewonnen zu haben. In unserem Leben mit Summer war das ein unbezahlbares Gefühl. Auch wenn wir niemals wirklich zur Ruhe kamen, genossen wir diese etwas ruhigere Phase. Wir schöpften neue Kraft, lachten wieder öfter – und wagten es sogar, einen Hauch von Zukunft zu denken. Doch wie so oft täuschte diese trügerische Ruhe. Summers Periode stellte nach wie vor eine große Belastung für sie dar. Die Krämpfe, das Unwohlsein, der Schmerz – das alles war kaum mitanzusehen. Deshalb hatten wir eine liebevolle und sehr engagierte Gynäkologin mit ins Boot geholt, die sich offen und vorsichtig an Summers besondere medizinische Situation herantastete. Gemeinsam mit unserem Kinderarzt und einer Spezialistin für MPS standen wir irgendwann vor einer Entscheidung, die uns schlaflose Nächte bereitete: Sollten wir es wagen, Summer zur Linderung eine niedrig dosierte Minipille zu geben? Wir waren hin- und hergerissen. Jeder neue Wirkstoff war ein Risiko, jeder Eingriff eine Entscheidung mit Gewicht. Schließlich beschlossen wir, es vorerst mit einer gezielten Schmerztherapie während ihrer Periode zu versuchen.

Sollte das nicht helfen, würden wir den nächsten Schritt wagen. Doch dann geschah etwas Unerwartetes: Ihre Periode blieb plötzlich aus. Einfach so. Für ein paar Monate schob sich das Problem zur Seite – wie ein Schatten, der vorüberzieht, aber nie ganz verschwindet.

Es war ein kalter Dezembertag. Summer sollte an diesem Tag gebadet werden, wie wir es regelmäßig und mit viel Vorsicht und Zärtlichkeit taten. Doch während des Badens begann sie plötzlich heftig zu husten. Nichts Ungewöhnliches bei ihr – doch diesmal war es anders.

Sie begann zu weinen, jedes Mal, wenn wir sie aufrichten wollten. Im Liegen war sie ruhig, aber sobald wir sie aufsetzten, schrie sie vor Schmerz. Zunächst dachten wir an einen eingeklemmten Nerv, vielleicht eine Verspannung durch eine falsche Bewegung. Wir wollten am nächsten Tag den Kinderarzt kontaktieren, um auf Nummer sicher zu gehen. Ich hatte an dem Tag frei – eine liebe Kollegin, die mit der Zeit zu einer echten Freundin geworden war, wollte mit ihrem Hund vorbeikommen. Es sollte ein entspannter Vormittag werden. Doch alles kam anders. Plötzlich erbrach Summer – und im Erbrochenen war Blut. Ein Schock. Das vertraute Herzrasen, der Moment, in dem die Welt stillsteht. Sofort riefen wir den Kinderarzt an und schilderten die Situation. Der Verdacht: Die Sonde könnte beim Hochwürgen eine Reizung oder kleine Verletzung im Magen verursacht haben. Wir wechselten die Sonde in der Hoffnung, dass sich die Lage beruhigen würde.

Doch es wurde nicht besser. Schmerzmittel zeigten keine Wirkung, und Summer wurde zunehmend stiller, erschöpfter. Wir spürten: Das ist mehr als nur ein kleiner Rückschlag. Am Sonntagmorgen ging es ihr plötzlich deutlich schlechter. Ihre Haut war blass, ihr Blick kraftlos. Wir zögerten keine Sekunde – der Rettungswagen wurde gerufen. Doch unser vertrautes Krankenhaus konnte sie nicht aufnehmen. Aufgrund ihrer Abhängigkeit vom High-Flow-Gerät war eine Behandlung nur auf der Intensivstation möglich – und die war ausgerechnet an diesem Tag belegt. Der Notarzt telefonierte sich durch mehrere Kliniken, bis schließlich in Mönchengladbach ein freies Bett gefunden wurde. Ein neuer Ort. Neue Gesichter. Neue Unsicherheit. Und für uns bedeutete es eine neue logistische Herausforderung, denn ohne eigenes Auto war jeder Weg mit Planungsaufwand verbunden – erst recht in solch angespannten Situationen.

In Mönchengladbach angekommen, wurden wir überraschend liebevoll empfangen. Die Atmosphäre war ruhig, zugewandt. Eine junge Ärztin hörte aufmerksam zu, untersuchte Summer gründlich und organisierte sofort einen Ultraschall des Bauchs. Die Untersuchung blieb ohne klare Ergebnisse – keine sichtbaren Verletzungen, keine eindeutige Ursache. Nur eines war wie immer: viel Luft im Bauch. Doch das erklärte ihre Schmerzen nicht. Sie bekam Novalgin, zusätzlich begann die Physiotherapie. Die Therapeutin stellte fest, dass Summers Zwerchfell sehr fest, fast schon verklebt war.

Sie begann sofort mit gezielten Übungen. Und tatsächlich: Summer begann zu husten, kräftig, lösend – es war, als würde ihr Körper langsam wieder Luft holen. Gleichzeitig wurde ein Magensäureblocker verordnet – der Verdacht auf eine Magenschleimhautentzündung stand im Raum. Marc blieb bei Summer im Krankenhaus. Ich pendelte, wie so oft zwischen Zuhause und Klinik, zwischen Alltag und Wahnsinn. Es war wieder einmal totaler Ausnahmezustand. Die Schwestern waren aufmerksam, die Ärztinnen und Ärzte engagiert, und auch eine gynäkologische Untersuchung wurde vorsichtshalber durchgeführt – zum Glück ohne bedenklichen Befund. Dann geschah das kleine Wunder: Bereits nach zwei intensiven Tagen zeigte sich eine erste Besserung. Bei der nächsten Physiotherapie-Einheit weinte Summer beim Hochsetzen plötzlich nicht mehr. Es war, als hätte ihr Körper endlich begonnen zu entspannen. Noch ein weiterer Tag zur Beobachtung, und dann durften wir endlich heim. Nach drei intensiven Tagen voller Sorgen, Untersuchungen und Behandlungen durfte Summer die Klinik wieder verlassen – in stabilerem Zustand und mit einem zarten Hoffnungsschimmer im Gepäck. Die Anweisung lautete, den Säureblocker zunächst weiterzugeben und die Physiotherapie zu intensivieren. Anne setzte das sofort um – ab jetzt kam sie zweimal wöchentlich, gezielt und mit vollem Fokus auf das Zwerchfell. Doch ganz überstanden war es noch nicht. Zuhause weinte Summer immer wieder bei bestimmten Bewegungen.

Anne beobachtete sie genau, tastete sich sanft an verschiedene Körperstellen heran – bis wir schließlich die Ursache vermuteten: der Nacken. Offenbar hatten sich dort massive Verspannungen gebildet. Vielleicht von einer falschen Lagerung, vielleicht vom vielen Liegen oder von der generellen Anspannung. Wir begannen mit täglichen Massagen – sanft, geduldig, voller Liebe. Und tatsächlich: langsam ließ der Schmerz nach. Ihr Blick wurde wieder klarer, ihre Bewegungen weicher, ihr Lächeln kehrte zurück. Ein Schritt nach vorn. Ein kleiner Sieg. Doch wir wussten längst: Der nächste Rückschritt lauerte oft schon im Schatten. Aber wir waren bereit. Wieder einmal. Für sie. Immer.

Kapitel 22 Die Ruhe vor dem Sturm

Wir verbrachten ein schönes Weihnachtsfest mit Sandra, Nils und Max – so wie schon viele Jahre zuvor.

Es war zur Tradition geworden, und auch wenn Summer gerade erst aus dem Krankenhaus entlassen worden war, wollten wir uns diesen vertrauten Moment nicht nehmen lassen. Es war ein schöner, herzlicher Abend.

Die gemeinsame Zeit mit den dreien tat immer gut, denn sie kannten unser Leben, wussten, was wirklich zählte, und wir mussten nichts erklären. Bei ihnen war alles einfach normal. Silvester feierten wir als kleine Familie – Marc, Ian, Summer und ich. Kein großes Spektakel, sondern ein ganz persönliches Fest, das unter dem Zeichen von Licht, Liebe und einem Hauch von Zauber stand. Ich hatte mir etwas Besonderes überlegt: Eine kleine „Glow in the Dark"-Party, ganz in unserem Stil. Überall im Wohnzimmer verteilten wir Knicklichter, leuchtende Accessoires und ein paar bunte Luftballons. Sobald es dunkel wurde, bemalten wir uns gegenseitig mit leuchtenden Farben – unsere Gesichter, Arme, sogar ein paar Kleidungsstücke wurden zu strahlenden Kunstwerken. Ian war begeistert, rief immer wieder: „Mama, guck mal, wie cool das aussieht!" und sprang durch das Wohnzimmer, voller Energie und Freude. Summer war in ihrem Zimmer, geborgen in ihrem Bett, zugedeckt mit ihrer Lieblingsdecke. Immer wieder gingen wir zu ihr, hielten ihre Hand, sprachen mit ihr, streichelten ihre Wange.

Sie bekam zwar die eigentliche Party nicht mit – zu abgeschirmt war sie von dem Geschehen, zu sehr in ihrer eigenen, stillen Welt – doch ihre Präsenz war spürbar. Alles drehte sich dennoch um sie. Sie war der Mittelpunkt unseres Lebens, egal, ob sie mittendrin oder einen Raum entfernt war. Es gab ein kleines Buffet, zusammengestellt aus allem, was wir mochten: Lieblingsgerichte, ein paar herzhafte und süße Leckereien, Getränke für Groß und Klein. Kein übertriebener Aufwand, aber liebevoll angerichtet – ein bunter, gemütlicher Silvesterabend, wie wir ihn mochten. Kurz vor Mitternacht zogen wir uns warm an und gingen auf den Balkon. Von dort aus konnten wir das Feuerwerk sehen, das in der Ferne über den Häusern aufblitzte. Es war laut, bunt, intensiv – und doch betrachteten wir es in Stille. Summer lag hinter der Balkontür, wir hatten sie so positioniert, dass sie alles gut sehen konnte, falls sie wach war. Ihre Augen schienen müde, aber ruhig – wir wussten nicht, wie viel sie wirklich wahrnahm. Wir standen eng beieinander, hielten uns an den Händen, und inmitten all des Krachs war da dieser leise Moment, in dem wir wussten: Wir sind zusammen. Wir haben dieses Jahr geschafft. Und wir gehen gemeinsam in das nächste. Am 1. Januar 2025 kam dann ein Besuch, der uns allen sehr ans Herz ging. Jacki, ihr Mann Pascal und ihr kleiner Sohn Liam hatten sich ganz spontan dazu entschieden, vorbeizukommen. Jacki, selbst schwer erkrankt, hatte schon lange den Wunsch geäußert, Summer einmal persönlich zu sehen.

Mit jedem Krankenhausaufenthalt wurde dieser Wunsch dringlicher – niemand wusste, wie viel gemeinsame Zeit noch bleiben würde. Als sie ankamen, war die Freude groß. Liam war sofort begeistert von Summers pinkem Zimmer, das im warmen Licht sanft strahlte. Er schaute sich neugierig um, kicherte und freute sich über jedes kleine Detail. „Hallo Prinzessin Poppy", sagte Jacki, als sie sich Summer näherte, und lächelte sie herzlich an. Sie setzte sich zu ihr, sprach leise, hielt ihre Hand. Keine großen Gesten – aber ehrliche Nähe. Wir tranken gemeinsam Kaffee, ein bisschen Cola, plauderten, lachten – und waren einfach beieinander. Jacki und ich hatten in den letzten Monaten eine tiefe Verbindung aufgebaut. Sie verstand, wie es war, Angst zu haben, stark sein zu müssen, wenn es eigentlich keinen Halt mehr gab. Marc und Pascal unterhielten sich ebenfalls angeregt. Es war wohltuend, mal mit Menschen zu sprechen, die nicht überrascht waren von unserem Alltag, sondern ihn einfach annahmen – ohne Mitleid, ohne Berührungsangst. Der Abschied fiel schwer. Jacki war es wichtig, Summer gesehen zu haben, ihr einen Moment voller Nähe zu schenken. Auch Liam winkte ihr zum Abschied noch einmal zu – ein kleiner Junge, ein leuchtender Moment. In den folgenden Wochen wurde Jacki zu einer echten Stütze für mich. Wenn ich am Boden war, fing sie mich auf – mit Worten, mit Gedanken, mit echtem Mitgefühl. Ihre Verbindung zu Summer blieb, wuchs, trug durch Tage, die schwer waren. Der Januar verging schnell.

Die Ruhe, die wir an Silvester spürten, war trügerisch. Langsam begann ich, meinen Geburtstag zu planen. Ich sollte 40 werden – ein besonderer Moment. Ich wollte ihn bunt feiern, laut, in Pink und mit Glitzer. Einfach ein Tag, der das Leben feiert. Doch wie so oft hatten wir das Leben nicht in der Hand. Wir wussten nicht, dass der Sturm schon wieder näher rückte.

Kapitel 23 – Der Große Sturm und seine Folgen

Der Februar begann mit einer düsteren Vorahnung, die wie eine schwere Wolke über uns hing.

Ian wurde krank – sein Husten klang tief und rau, fast so, als wolle er etwas aus sich herauswürgen, dass viel größer war als eine einfache Erkältung. Vorsichtig zog er sich in sein Zimmer zurück, um uns zu schützen und um selbst zur Ruhe zu kommen. Die Tests auf Corona und andere Infektionen waren zum Glück negativ, doch in unseren Herzen wussten wir: Für Summer kann auch eine einfache Erkältung lebensgefährlich sein. Nur zwei Tage später erwischte es auch mich. Ein Kratzen im Hals, ein trockenes Brennen, dann unaufhaltsamer Husten.

Die Angst kroch sofort in mir hoch – jeden Tag standen wir Summer so nah, so eng, wie sollte sie sich da nicht anstecken? Die Ungewissheit nagte an mir, ein ständiges Pochen in der Brust. Am zweiten Tag testeten wir erneut – und dann war da diese klare, unmissverständliche Linie bei Influenza B. Wie ein Dolchstoß traf mich die Gewissheit: Auch Summer wird krank werden. Marc erkrankte am nächsten Tag, und die Krankheit zog wie ein dunkler Schatten durch unser Zuhause. Doch nichts konnte uns auf den Moment vorbereiten, als in der Nacht plötzlich Summers Temperatur stieg. Das sonst so lebhafte und neugierige Mädchen lag still und erschöpft da, die Augen halb geschlossen, der Atem schwer und unregelmäßig. Ihre Kraft schien zu schwinden, und wir standen hilflos daneben, unfähig, ihr die Krankheit abzunehmen.

Unsere eigene Erschöpfung war kaum zu ertragen. Die Krankheit hatte uns alle fest im Griff, und doch mussten wir funktionieren – Summer versorgen, Hoffnung geben, wachsam sein. Jeder Hustenanfall von Ian, Marc oder mir riss uns aus der kleinen Sicherheit, die wir noch hatten. Ständig standen wir in engem Kontakt mit unserem Kinderarzt, der uns mit Rat und Zuversicht zur Seite stand. Doch die Angst wuchs mit jeder Stunde. Dann kam der Moment, den wir so sehr gefürchtet hatten: Summers Sauerstoffsättigung fiel plötzlich bedrohlich ab. Unsere Möglichkeiten zu Hause waren erschöpft. Wir standen am Abgrund, mussten eine Entscheidung treffen – eine Entscheidung, die niemand von uns treffen wollte: ab ins Krankenhaus. Wieder nach Mönchengladbach, dem Ort, der uns bereits einmal Schutz und Hilfe geboten hatte. Marc fuhr mit Summer im Rettungswagen voraus, während ich mit einem schweren Herz und zitternden Händen den Weg mit Bus und Zug antrat. Jeder Schritt war begleitet von Angst und Hoffnungslosigkeit, ein Kampf zwischen Panik und der Hoffnung auf das Beste. Im Krankenhaus bestätigte sich unser schlimmster Verdacht: Summer hatte eine Lungenentzündung. Die Ärzte begannen sofort mit der Antibiotikatherapie und schlossen sie an ein stärkeres Highflow-Gerät an, das ihr das Atmen erleichterte. Die Zeit schien stillzustehen, das Piepen der Maschinen wurde zum Soundtrack unserer Angst. Jeder kleine Atemzug von Summer wurde für uns zum kostbarsten Moment.

Doch dann, nach drei langen, quälenden Tagen, kam die überraschende Wende. An meinem Geburtstag durften wir Summer mit nach Hause nehmen – schwächer, aber lebendig. Ein Tag, der für mich trotz allem ein Lichtblick war, ein Geschenk inmitten der Dunkelheit. Anne, die uns so oft begleitet und unterstützt hatte, kam an diesem Tag vorbei. Summers Gesicht hellte sich auf, als sie ihre vertraute Freundin sah. Auch Anne wirkte erleichtert, und für einen kurzen Moment schien die Welt ein wenig weniger schwer. Meine geplante Geburtstagsfeier verschoben wir auf das nächste Wochenende, um Summer und uns nicht zu überfordern. Die Krankheit hatte ihre Spuren hinterlassen, doch wir spürten einen Funken Hoffnung. Summer wurde langsam wieder stärker, wir atmeten auf. Doch das Leben spielt oft mit uns auf eine grausame Weise – und der Schein trügt. So feierten wir schließlich meinen Geburtstag im kleinen Kreis – eine vertraute Runde aus Geschwistern, ihren Partnern, meinen Neffen und meiner Mutter. Das Haus war erfüllt von einer warmen, behutsamen Atmosphäre, die trotz allem eine kleine Oase des Glücks bot. Es gab liebevolle Umarmungen, leises Lachen und Erinnerungen, die wir teilten, als wollten wir den Moment für immer festhalten. Die Stimmen waren sanft, und die Gespräche drehten sich oft um Summer, ihre Stärke und ihren unglaublichen Lebenswillen. Jeder Blick, jede Geste war geprägt von tiefer Zuneigung und dem Wunsch, sie zu schützen und zu feiern – auch wenn wir wussten, wie zerbrechlich diese Zeit war.

Doch tief in meinem Herzen lag eine schwere Ahnung, ein leises, kaum greifbares Gefühl von Abschied.

Eine dunkle Vorahnung, die ich nicht benennen wollte, die aber still und unaufhaltsam durch meine Gedanken zog. Niemand in diesem Raum konnte ahnen, dass einige von ihnen an diesem Abend Summer zum letzten Mal sehen würden. Trotz der fröhlichen Fassade hing eine stille Traurigkeit wie ein Schatten über dem Fest, eine Ahnung, dass diese letzten gemeinsamen Stunden unwiederbringlich kostbar waren. Wir versuchten, die Zeit zu genießen, im Hier und Jetzt zu leben, doch die Zeit des großen Sturms hatte uns geprägt – mit Narben, die unsichtbar, aber tief verankert blieben. Dieser Abend war ein Moment der Verbindung, ein letztes Aufbäumen gegen die Dunkelheit, die vor uns lag. Und obwohl wir es nicht wussten, war es ein Abschied, der sich leise und doch unaufhaltsam ankündigte. Die Zeit des großen Sturms hatte uns gezeichnet, und obwohl wir das Schlimmste vorerst hinter uns glaubten, wusste ich, dass der Kampf noch lange nicht vorbei war. Die Krankheit hatte Narben hinterlassen – nicht nur in Summers Körper, sondern tief in unseren Seelen.

Kapitel 24: Das Schicksal nimmt seinen Lauf

Einige Tage nach meiner Geburtstagsfeier bemerkten wir, dass Summer ungewöhnlich warm war. Vorsichtig tasteten wir ihre Stirn – tatsächlich, sie hatte erhöhte Temperatur. Nicht schon wieder ein Infekt, dachte ich besorgt, so kurz nach der Grippe. Immer wieder kontrollierten wir in den nächsten Stunden ihre Temperatur, die langsam, aber stetig weiterstieg. Am nächsten Morgen riefen wir sofort bei unserem Kinderarzt an und schilderten ihm die Situation. Doch er wollte uns nicht direkt wieder ins Krankenhaus schicken, denn im März, erklärte er, seien die Stationen oft überfüllt mit Erkältungsfällen. Wir vereinbarten einen Termin für zwei Tage später und sollten in der Zwischenzeit genau beobachten und das Fieber mit Medikamenten senken. Doch die Temperatur kletterte weiter, wurde immer höher. Gemeinsam mit unserem Kinderarzt, der beim Abhören und der Untersuchung nichts Auffälliges feststellen konnte, beschlossen wir schließlich, am Freitagmorgen mit einer antibiotischen Behandlung zu starten. Gesagt, getan – übers Wochenende schien das Antibiotikum zumindest eine Wirkung zu zeigen. Das Fieber stieg langsamer und nicht mehr so hoch. Am Montag meldeten wir uns beim Kinderarzt zurück und berichteten von einer deutlichen Besserung. Sogar am Samstag hatte er mir noch eine Mail geschrieben und sich erkundigt, ob alles geklappt hat mit dem Medikament. Anne kam wie gewohnt am Montagabend vorbei, und die Atmosphäre wirkte merklich entspannter.

Summer alberte sogar für einen kurzen Moment mit Anne herum. Wie jeden Abend bereiteten wir Summer fürs Bett vor, spielten noch etwas mit ihr, und ich ging gegen 22 Uhr schlafen. Doch um Mitternacht schrie Marc nach mir. Der Monitor piepte schrill – Summer brauchte Sauerstoff. Gerade in diesem Moment wechselte Marc ihre Windel, und ich eilte ihm zur Hilfe. Doch kaum war ich bei ihr, hörte ich ein Geräusch, das mich noch heute erschaudern lässt. Summer hyperventilierte, rang verzweifelt nach Luft. Ich schloss sofort den Sauerstoff an und drehte ihn voll auf. Mit zitternden Fingern griff ich zum Handy und wählte den Notruf. Am anderen Ende der Leitung war ein netter Herr, doch ich hatte das Gefühl, er hörte nur halb zu. Ich versuchte, ihm zu erklären, dass meine Tochter um ihr Leben kämpfte, doch er vermutete eine Panikattacke. Ich wollte nicht diskutieren, flehte um Hilfe. Schließlich schickte er einen Rettungswagen – allerdings ohne Notarzt. Ich ahnte, er erkannte nicht, wie ernst die Lage war. Der Rettungswagen kam zum Glück schnell. Zwei freundliche Sanitäter, sehr bemüht, hörten uns zu, verbanden Summer mit Überwachungsgeräten. Die Sauerstoffsättigung lag bei 83 Prozent, trotz maximaler Sauerstoffgabe – und dennoch ging alles quälend langsam voran. Unser Krankenhaus vor Ort lehnte die Aufnahme erneut ab, und auch in Gladbach sah es zunächst schlecht aus. Minuten zogen sich zu Stunden. Wie vor fast genau einem Jahr lag meine Tochter mit dem Kopf an meiner Brust, kämpfte um jeden Atemzug.

In diesem Moment zog sich mein Magen schmerzhaft zusammen, und tief in mir entstand das Gefühl, dass dies vielleicht der letzte Abschied sein könnte. Ich kann es kaum in Worte fassen, aber ich spürte: Es wird ernst. Nach erneuter Rücksprache mit dem Krankenhaus vor Ort entschieden sie, dass Summer zunächst dorthin gebracht werden sollte, um sie zu stabilisieren. Man wolle dann weitersehen. Kurz vor 1 Uhr fuhr der Krankenwagen mit Marc und Summer ab. Ich lief nach oben und brach in Tränen aus. In meiner Verzweiflung schrieb ich Jacki, hoffte, sie wäre noch wach. Sie antwortete sofort, und wir telefonierten fast vier Stunden. Natürlich blieb ich parallel in engem Kontakt mit Marc und packte alles für die beiden. Summer wurde umgehend auf die Intensivstation gebracht, geröntgt und gründlich untersucht. Der Verdacht auf eine Lungenentzündung bestätigte sich, doch es zeigte sich noch viel mehr auf ihren Röntgenbildern. Sie wurde stabilisiert, während unser Krankenhaus fieberhaft versuchte, einen passenden Platz für sie zu finden. In Mönchengladbach war man zwar nicht speziell auf Lungenprobleme spezialisiert, aber man kannte uns dort gut, kannte Summers komplizierte Krankengeschichte – und machte tatsächlich Platz für uns. Ein kleines Wunder in dieser ohnehin angespannten Nacht. Gegen sechs Uhr morgens wurde Summer dorthin verlegt, Marc fuhr mit ihr im Krankenwagen mit. Um halb neun fuhr ich mit meinem Bruder ins Krankenhaus.

Der Weg schien endlos, jede Minute zog sich quälend langsam, und die Angst vor dem was mich dort erwartet, schnürte mir die Kehle zu. Im Krankenhaus angekommen, war Summer sehr unruhig, sie schwitzte stark, doch ihre Werte waren stabil. Kurz darauf kam die Ärztin, die wir schon von unserem Aufenthalt im Februar kannten. Ihr ernster Blick sagte alles, als sie schließlich aussprach: „Es ist ein Wunder, dass sie mit dieser Lunge so atmen kann." Summers rechter Lungenflügel war kollabiert, und ein großer Erguss drückte auf ihre kleine, kaum noch funktionierende Lunge. Vor unseren Augen wurde ein Ultraschall durchgeführt, und uns wurden die möglichen Behandlungsschritte erklärt. Man könnte eine Drainage legen und ein spezielles Medikament in den Erguss spritzen, um die Infektion zu bekämpfen – ein sehr schmerzhafter und gefährlicher Eingriff. Dazu bräuchte Summer starke Schmerzmittel, die aber wiederum die Atmung zusätzlich belasten könnten. Die zweite Option eine Punktion war wegen der Lage des Ergusses, welcher nur von hinten zugänglich war, zu riskant. Eine weitere Möglichkeit wäre man versuchte es erst einmal mit Antibiotikum und hoffte, dass der Erguss von selbst zurückgeht. Was blieb uns also anderes übrig? Wir entschieden uns für die dritte Option: erst einmal mit Antibiotikum gegen die Infektion zu kämpfen. Summer erhielt zwei verschiedene Präparate, und so lief die Behandlung die nächsten zwei Tage.

An diesem Tag unterschrieben wir eine schwere Erklärung: keine Reanimation, keine lebenserhaltenden Maßnahmen. Wir waren uns bewusst, dass, sollte Summer Morphium benötigen, dieses ihren Atemantrieb nehmen könnte und sie dadurch sterben könnte. Wir hatten uns immer geschworen: Sie muss nicht leiden. Daran hielten wir fest – egal wie schwer unsere Herzen dabei waren.

Am 27. März wurde erneut ein Ultraschall durchgeführt, bei dem der Erguss nun auch von vorne sichtbar war. Die Ärzte beschlossen, eine Punktion vorzunehmen. Ich war bereits zu Hause, als der Eingriff am Abend unter leichter Sedierung stattfand. Alles wurde sorgfältig vorbereitet, und Marc wurde währenddessen aus dem Raum geschickt. Wir telefonierten, währenddessen warteten wir auf Neuigkeiten. Die Ärztin wollte sich melden, sobald alles vorbei war. 43 endlos lange Minuten später klingelte das Telefon. Die Ärztin berichtete, dass der Eingriff geglückt sei. Etwa die Hälfte des Ergusses konnte abgesaugt werden. Ein kleiner Lichtblick, ein kleiner Sieg. Am nächsten Morgen machte ich mich sofort auf den Weg ins Krankenhaus. Summer sah schlecht aus, weinte und ich hatte das Gefühl, sie litt unter starken Schmerzen. Die Ärztin versicherte uns, dass die Punktionsstelle nicht schmerzen dürfe und das sie bereits Novalgin über den Tropf bekomme. Ich beobachtete sie genau und wies darauf hin, dass ihr Bauch extrem aufgebläht war – wahrscheinlich Bauchschmerzen. Man wollte ein anderes Schmerzmittel ausprobieren.

Summer erhielt Dipidolor und war für zwanzig Minuten ruhiger, schloss sogar kurz die Augen – doch dann kehrte der Schmerz zurück. Nach Rücksprache mit der Ärztin wie es nun weitergehen soll wurde beschlossen, dass wir von der Intensivstation auf eine Peripherie-Station verlegt werden. Wir packten unsere Sachen und wurden verlegt. Auf der neuen Station sprachen wir mit der Ärztin über den Verdacht der Bauchschmerzen, und Summer bekam Buscopan gegen die Schmerzen. Binnen Minuten entspannte sie sich, wurde ruhiger und hörte auf zu weinen. Am 29. März wurde erneut ein Ultraschall gemacht. Der Erguss war nicht wieder nachgelaufen. Sie hatte zwar noch leicht Fieber, aber alles wirkte ein kleines Stück positiver. Hatten wir es geschafft? Erholte sie sich doch? Summer hatte uns schon mehr als einmal überrascht – und sie wollte leben. Das hatte sie uns immer wieder gezeigt.

Kapitel 25: Eine schwere Entscheidung

Der Plan war eigentlich ein anderer. Wir wollten den kommenden Tag zu Hause verbringen – aufräumen, Wäsche waschen, ein wenig Ordnung in das Chaos bringen, das sich um uns herum genauso ausgebreitet hatte, wie in uns selbst. Alles war liegen geblieben. Als ich Marc am Abend davon erzählte, spürte ich, wie sich etwas in ihm zusammenzog. Seine Stimme wurde leiser, seine Worte zaghafter. Ich hörte nicht, dass er weinte – aber ich hörte, dass er kämpfte. Also war plötzlich klar: Wir fahren. Ich sah Ian an, und er nickte nur. Früh morgens wollten wir los – mit dem ersten Licht, wenn alles noch still und grau war. Um vier Uhr morgens klingelte der Wecker. Ich stand in der Küche, machte Marc ein Mittagessen, das später im Alltag vielleicht keine große Rolle gespielt hätte – aber an diesem Tag fühlte es sich wie ein kleiner Akt der Fürsorge an. Eine Geste. Ein „Ich denke an dich". Wir machten uns fertig, fuhren los. Die Straßen waren leer, die Welt lag wie unter einer Glasglocke. Unterwegs hielten wir noch, kauften ein paar Dinge fürs Frühstück. Um kurz nach acht erreichten wir das Krankenhaus. Die Luft war frisch, kühl, fast zu sauber für das, was drinnen auf uns wartete. Marc kam uns entgegen – mit diesen müden Augen, die so viele Nächte durchwacht hatten, aber auch mit einem Lächeln, das so ehrlich war, dass es mir fast das Herz brach. Er freute sich wirklich, uns zu sehen. Er war nicht mehr allein. Gemeinsam gingen wir auf die Station, traten in Summers Zimmer.

Dort lag sie. So zerbrechlich. So gezeichnet vom Kampf. Ihre Atmung war rau, flach, erschöpft. Schweißperlen standen auf ihrer Stirn, ihre Hände zitterten leicht. Der Anblick war kaum zu ertragen. Sie bekam ein Medikament zur Entwässerung, das sie offensichtlich noch zusätzlich belastete. Ihre Kraft schien sich in Lichtgeschwindigkeit zu verflüchtigen. Nach Rücksprache mit der Ärztin wurde die Dosis reduziert und schließlich abgesetzt. Doch auch mit den übrigen Medikamenten – Buscopan, Novalgin – schien sie nicht zur Ruhe zu kommen. Immer wieder dieses Unwohlsein, dieses leise Wimmern, dieses Drehen mit dem Kopf. Wir standen da, hilflos. Was kann man tun, wenn das eigene Kind leidet – und es nichts mehr gibt, was hilft?

Wir streichelten ihre Stirn, hielten ihre kleine Hand, kuschelten uns vorsichtig an sie, versuchten durch unsere Nähe etwas von der Angst zu nehmen. Auch Ian setzte sich zu ihr, legte seine Hand sanft auf ihre Decke. Diese leise Geste sagte alles. Am Nachmittag, nach Stunden des Aushaltens, fuhren wir schweren Herzens wieder nach Hause. Aber die Gedanken blieben bei ihr. Der Kopf voll, das Herz schwer, die Seele müde. Am Abend telefonierten Marc und ich immer wieder – in Fragmenten, in abgebrochenen Sätzen, in Stille. Summer wurde unruhiger. Ihre Atmung war zunehmend angestrengt, sie suchte förmlich nach Luft. Manchmal hatte ich das Gefühl, sie kämpfte nicht nur gegen ihren Körper, sondern auch gegen die Angst, ihn irgendwann loslassen zu müssen.

Am nächsten Morgen fuhr ich allein ins Krankenhaus. Ihr Zustand war unverändert – aber irgendwie auch schlimmer, weil die Zeit weiterging und nichts besser wurde. Gegen Mittag kam die Ärztin mit dem Ultraschallgerät. Ihre Stirn legte sich in Falten, und ich wusste, bevor sie etwas sagte, dass es keine guten Nachrichten waren. Der Erguss war nicht nur zurückgekehrt – er war doppelt so groß wie bei der Einlieferung. Ich konnte es kaum glauben. Es war, als würde uns der Boden unter den Füßen weggezogen. Kein Wunder also, dass Summer so zitterte, so schwitzte. Kein Wunder, dass ihr Körper in Panik war. Sie bekam keine Luft. Sie hatte Angst. Angst zu sterben. Dann fiel das Wort. Morphium. Um ihr Leiden zu lindern. Nicht, um sie zu heilen. Die Tränen kamen ohne Vorwarnung. Ich konnte sie nicht zurückhalten. Marc schwieg. Und wer ihn kennt, weiß, dass das selten ist. Die Krankenschwester, die mit im Raum war, legte eine Hand auf meine Schulter. „Geht ein bisschen raus, redet miteinander. Ich bleibe bei ihr. Ich halte ihre Hand." Draußen, vor dem Krankenhaus, zündeten wir uns schweigend eine Zigarette an. Der Wind war kalt. Ich sah Marc an. So viele Gedanken, und doch war da nur dieser eine: Was ist richtig? Und dann erinnerten wir uns – an unser Versprechen. Summer darf gehen. Wenn sie nicht mehr kann, soll sie nicht leiden. Wir wollten sie nicht festhalten aus Angst. Nicht aus Egoismus.

Nur aus Liebe. Ich sagte leise: *„Die Entscheidung, die wir jetzt treffen müssen, ist der größte Liebesbeweis, den wir ihr machen können."* Wir gingen zurück, teilten der Ärztin mit, dass wir der Behandlung mit Morphium zustimmen.

Sie erklärte, dass ich bei Summer bleiben könne – ich nickte dankbar. Doch mein Blick schweifte zur Tür, hinaus in den Flur. Ich dachte an Ian. Ich wollte ihn nicht allein lassen. Auch dafür fand die Ärztin eine Lösung: ein Zimmerwechsel. Alles wurde vorbereitet. Ich rief Ian an, erklärte ihm vorsichtig die Situation, und fragte, ob er bei uns bleiben wolle. „Auf jeden Fall", kam es ohne Zögern. Ich weinte still. Mein Schwager holte mich nach Feierabend ab. Zuhause packte ich die nötigsten Sachen, Sandra fuhr Ian und mich ins Krankenhaus zurück. Sie kam noch mit nach oben – um Summer noch einmal zu sehen. Sie wusste, dass es wichtig war.

Ich benachrichtigte einige Menschen, die Summer auf ihrem Weg begleitet hatten – sie sollten die Chance bekommen, sich zu verabschieden, falls es wirklich dazu käme. Die erste Nacht war schwer. Summer kam nicht zur Ruhe. Ihre Bewegungen waren fahrig, ihre Augen suchten Halt. Wir waren wach – emotional ausgelaugt, körperlich erschöpft, aber zu aufgewühlt, um zu schlafen. Der 1. April. Jasons 23. Geburtstag. Er kam, um bei ihr zu sein. Setzte sich zu ihr, streichelte ihre Hand, flüsterte ihr immer wieder zu: „Halt durch, kleine Schwester." Ich glaube, an diesem Tag hatte er keinen anderen Wunsch als diesen.

Und dann – Jil. Unser erster Engel. Als sie hörte, wie es um Summer stand, kam sie sofort. Jahre hatten wir uns kaum gesehen, aber das spielte keine Rolle. Es war wichtig. Für sie. Für uns. Für Summer.

Auch meine Schwester und ihr Mann kamen – wie immer, wenn es wichtig war. Später sprach die Ärztin mit uns. Sie fragte, ob uns aufgefallen sei, dass Summer nichts mehr ausschied. Natürlich war es uns aufgefallen.

Sie erklärte, dass das Morphium nun zu wirken begann. Wir sollten nur noch die halbe Menge an Nahrung geben – damit sie keine Schmerzen mehr bekam. Es fiel uns schwer, aber wir stimmten zu. Es war ein weiterer Abschied – diesmal von der Hoffnung, sie würde sich noch einmal aufraffen. Als alle gegangen waren, wurde es still. Das Zimmer wirkte größer. Die Minuten zogen sich wie Stunden. Summer war weiterhin unruhig – ihre Dosis wurde leicht erhöht.

Wir machten ihr Bett frisch, gaben ihr noch einmal das Gefühl von Geborgenheit. Aßen eine Kleinigkeit. Bereiteten uns auf die Nacht vor. Eine Krankenschwester blieb bei uns. Marc sprach viel mit ihr. Im Rückblick glaube ich, sie wollte uns vorbereiten. Ihre Fragen waren behutsam, aber klar:

Warum noch Antibiotika? Der Zugang sei gefährdet. Warum noch füttern? Was würden wir tun, wenn dieser Zugang nicht mehr funktionierte?

Die Nacht kam. Schlaf blieb aus. Wir hörten Summers Atem.

Und unsere eigenen Herzen, die leise brachen. Selbst Ian lag in dieser Nacht lange wach. Er sagte nichts – aber wir spürten es. Auch er hatte verstanden, dass sich etwas verändert hatte. Nicht nur ein kleines bisschen, nicht nur vorübergehend. Etwas Grundlegendes. Etwas Endgültiges.
Die Stille im Raum war schwerer als sonst.
Jeder Atemzug, jedes Flackern der Lampen schien zu flüstern, dass der Abschied näher rückte.
Ich glaube, wir alle fühlten es tief in uns.
Ohne Worte. Ohne Erklärung.
Und trotzdem – wir hielten fest an der Hoffnung.
An dem Glauben, dass Summer es vielleicht doch noch einmal schaffen würde, denn wir hatten sie nie aufgegeben. Niemals. Wir glaubten an unsere Liebe.
An unsere Liebe. An dieses unermessliche Band, das uns für immer verband. Aber manchmal – manchmal ist Loslassen der größte Liebesbeweis, den man einem geliebten Menschen schenken kann. Still. Würdevoll. Mit einem Herzen, das bricht – aber nicht aufhört zu lieben.

Kapitel 26 – Ein letztes Mal

Es war der 2. April 2025. Der Morgen dämmerte, und die Uhren zeigten 5 Uhr, als wir bei unserer Tochter am Bett saßen. Summer war sehr unruhig. Ihr Atem ging schwer, ihr Körper war erschöpft, und doch war sie noch da – unser wunderschöner Engel, so zart, so schwach, aber immer noch bei uns. Das Morphin wurde erhöht, um ihr das Atmen zu erleichtern, um ihr die Angst zu nehmen. Wir weinten leise. Immer wieder liefen Tränen über unsere Gesichter, stumme Zeugen eines unaufhaltsamen Abschieds. In der Nacht hatten wir bereits das Antibiotikum abgesetzt, um ihren Zugang zu schützen. Jeder medizinische Schritt fühlte sich plötzlich wie ein Abschied an. An diesem Morgen trafen wir Entscheidungen, die uns das Herz zerrissen. Ihre Sättigung fiel – der Sauerstoff, der ihr solange das Leben erleichtert hatte, wurde nicht wie gewohnt aufgedreht, sondern abgedreht. Die Ärztin versicherte uns, dass Summer keine Atemnot mehr spüren würde. Also stellten wir den High-Flow langsam herunter, bis er schließlich ausgeschaltet werden konnte. Wir befreiten sie vom Schlauch, küssten sie immer wieder, streichelten ihre zarte Haut.
Wir sagten ihr, wie unglaublich stolz wir auf sie waren, wie sehr wir sie lieben, und dass es in Ordnung sei, wenn sie nun gehen wolle. „Wir schaffen das", flüsterten wir. „Du darfst loslassen." Die Ärztin kam regelmäßig ins Zimmer, um nach ihr zu sehen, und erhöhte vorsichtig das Morphin.

Eine Schwester, die uns bereits in den letzten Tagen begleitet hatte, blieb bei uns. Ihre ruhige, einfühlsame Art tat gut. Es war tröstlich, ein vertrautes Gesicht an unserer Seite zu wissen. Gegen kurz nach sechs fiel Summers Sättigung zum ersten Mal auf null. Wir erstarrten. Unsere Blicke wanderten von Summer zum Monitor, dann wieder zurück zu ihr. Doch statt eines Stillstands stieg die Sättigung plötzlich wieder. Die Ärztin erklärte uns ruhig, dass es normal sei – Summers Körper würde sich nun ganz auf Atmung und Herzschlag konzentrieren. Sie spürte nichts mehr. Sie war bereits auf dem Weg, ihr Körper begann, loszulassen. Ich setzte mich zu ihr ins Bett, streichelte ihr die Beine. Zum ersten Mal war ich dankbar, dass mein Handy in der Nähe war – denn plötzlich formte Summer mit ihren kleinen, geschwächten Händen ein Herz auf ihrem Bauch. Ich schaffte es gerade noch, ein Foto zu machen. War es ein letztes Ich liebe euch? Die Tränen brannten mir auf den Wangen. Wieder und wieder kamen die Ärztin und die Schwester, gaben ihr neue Morphindosen. Irgendwann, gegen 9 Uhr, blieben sie einfach bei uns. Die Luft im Raum war schwer vor Traurigkeit, doch ihre Nähe gab uns Halt. Immer wieder sackte Summers Sättigung auf null – nur um sich dann wieder leicht zu erholen. Für uns war es kaum auszuhalten. Ein schmerzhafter, qualvoller Tanz zwischen Hoffnung und Abschied. Die Ärztin stand lange an ihrem Bett, hielt ihr Kinn sanft nach oben, damit sie leichter atmen konnte.

Eine Geste voller Mitgefühl. Ihr Engagement, ihre Liebe zu Summer, rührte uns tief. Sie sagte immer wieder, wie außergewöhnlich unsere Tochter sei. Und sie hatte recht. Doch irgendwann kam uns der Gedanke: Vielleicht kann Summer nicht loslassen, weil wir da sind. Also gingen wir raus, spazierten eine Runde, holten uns etwas zu essen, tranken einen Kaffee. Mit schweren Herzen kehrten wir zurück. Die Ärztin hatte versucht, einen neuen Zugang zu legen – erfolglos. Der alte musste nun sehr vorsichtig weiterverwendet werden. Summers Sättigung lag bei 90. Ich sah die Ärztin verzweifelt an. „Wird es heute passieren?" fragte ich mit brüchiger Stimme. Sie nickte nur sanft: „Ja, ganz sicher." Ich war – so seltsam das klingt – erleichtert. Der Gedanke, dieses schmerzhafte Warten könnte sich noch weiter in die Länge ziehen, war kaum zu ertragen. Summers Zustand hatte sich tief in mein Innerstes eingebrannt – und Marc weinte immer wieder. Also wusste ich: Jetzt muss ich stark sein. Für uns. Für Summer. So war es immer gewesen. Wenn einer nicht mehr konnte, hielt der andere stand. Wir zogen ihre Sonde und betrachteten ihr wunderschönes Gesicht – frei von Pflastern, frei von Schläuchen.

Gegen Mittag verließen die Ärztin und die Schwester für eine Weile das Zimmer, um uns Ruhe zu geben. „Legen Sie sich zu Ihrer Tochter", sagte sie. „Sprechen Sie mit ihr." Ich legte mich neben Summer, nahm sie in den Arm. Sie war so schlaff, so still. Der Schmerz riss mich innerlich entzwei.

Mir fehlten die Worte – also begann ich, „La Le Lu" zu singen. Immer wieder, wie eine leise Bitte, wie ein letzter Schlafliedgruß. Irgendwann schaute mich Marc an. „Mach weiter", sagte er. Ich blickte auf den Monitor – ihre Sättigung war bei 1. Er setzte sich dazu, begann mitzusingen. Eine halbe Stunde sangen wir gemeinsam. Eine halbe Stunde war ihre Sättigung bei 0 – und doch schlug ihr Herz weiter. Unermüdlich. Die Ärztin kam zurück, hatte alles auf dem Monitor verfolgt. „Ich kann es mir nicht erklären", sagte sie. Aber wir wussten es.
Ein Mädchen, das 13 Jahre lang gegen alles gekämpft hatte – sie gab auch jetzt nicht einfach auf. Gegen 15 Uhr kam ein Oberarzt. Weitere Morphingaben würden nichts mehr bringen, sagte er. Der Sterbeprozess sei längst im Gang – aber der Körper braucht Zeit, um loszulassen. Kurz vor 16 Uhr erhielt Summer über die Nase ein beruhigendes Medikament. Danach wurde auch ihre Hand schlaff – und ich wusste: Ihre Seele war gerade gegangen. Wir verließen das Zimmer, rauchten eine Zigarette. Draußen erreichte mich eine Nachricht meiner Schwester Aline. „Meine Uhr ist gerade stehen geblieben. Wie geht es euch?" Ich schrieb ihr zurück, dass wir gerade unten sind – aber Summer sei noch da. Als wir zurückkehrten, lag ihre Sättigung konstant im 30er Bereich.Es war still. Nur ihr angestrengtes Atmen war noch zu hören. Gegen 16:30 Uhr ging Ian mit nach unten. Als er zurückkam, bat er Marc plötzlich, ob er nach Hause könne. Ich spürte, wie schwer ihm alles fiel – diese Atmosphäre, dieses Warten.

Ich ging zu ihm, nahm ihn in den Arm und sprach ruhig mit ihm, bot an, ihn abholen zu lassen. Er überlegte und ich wusste, er kämpfte innerlich. Doch dann schaute er mich an – und sagte mit fester, klarer Stimme: „*Mama, ich war bei ihrem ersten Atemzug dabei. Ich werde auch bei ihrem letzten an ihrer Seite sein.*" Ich konnte kaum atmen. Diese Worte – so groß, so rein. Ich platzte vor Stolz. Was für ein Sohn. Was für ein Bruder. So viel Mut und Liebe in einem 15-jährigen Jungen. Wir beschlossen, die Taktik zu ändern. Dieses stille Warten zerfraß uns innerlich. Ich sagte zu Ian: „Lass uns nach oben gehen und so tun, als wären wir einfach zuhause. Und Summer schläft." Wir spielten Karten, Uno. Die Schwester, eine ruhige, liebevolle Frau, die Ian ebenfalls bereits vom Vortag kannte, setzte sich zu uns. Sie war genau das, was wir in diesem Moment brauchten – sanft, unaufgeregt, tröstlich. Wir rauchten eine Zigarette, sie spielte mit Ian weiter. Ich telefonierte mit Sandra, meiner Kollegin und Freundin. In einem früheren Gespräch hatte sie mir erzählt, dass ihre verstorbene Hündin Pepper, eine kleine Langschläferin, Summer zur Mittagszeit abholen würde. Ich sagte ihr: „Na Pepper aber ganz schön Verspätung, Summer kämpft noch immer." Sie versprach, gleich zum Grab zu gehen und mit ihr zu schimpfen. Gegen 18 Uhr kehrten wir zurück ins Zimmer. Wir waren am Ende. Viel zu lang und Kräftezerrend, war dieser Tag. Wir hatten unendlich viele Tränen geweint und viele Ängste ausgestanden. Doch wir waren bereit, bis zum letzten Atemzug.

Um 18:20 Uhr bemerkte ich auf dem Monitor, dass Summers Puls langsam sank. Von 150 auf 130… dann weiter. Bei 70 schaute ich die Schwester an – sie nickte mir zu. Ich sprach leise: „Marc, Ian – setzt euch zu ihr. Es ist so weit." Der Puls fiel weiter. Dann, um 18:24 Uhr, hörten wir ihren letzten Atemzug. Sie war befreit. Sie hatte ihre Flügel bekommen. Unser Engel war gegangen. Wir weinten. Wir küssten sie und sagten ihr wie sehr wie sie lieben. Ich schrieb Sandra um 18:27 Uhr: „Danke, Pepper. Sie ist vor 3 Minuten eingeschlafen." Sie antwortete: „Ich stehe seit genau 3 Minuten an Peppers Grab unter dem Baum." Zehn Minuten später wurde offiziell kein Herzschlag mehr festgestellt. Der Zugang wurde gezogen. Wir wuschen sie ein letztes Mal, machten sie hübsch. Eine Schwester, die sie in vielen Nächten betreut hatte, kam, um sich zu verabschieden. Meine Schwiegermutter, die sich direkt zu uns auf den Weg gemacht hatte, kam leider zu spät – aber sie durfte Summer noch sehen und sich von ihr verabschieden. Wir deckten sie zu, küssten sie zum letzten Mal. Und dann verließen wir – zum allerersten Mal – das Krankenhaus ohne unser Kind. Die Schritte fielen uns schwer und am liebsten wären wir zurück gerannt, um sie wieder in die Arme zu schließen, um ihre Nähe zu spüren. Draußen ließen wir den Luftballon steigen, den Sandra für Summer mitgebracht hatte.

Wir ließen sie los. Wir ließen sie fliegen.

Wie diesen Ballon

Hätte Liebe dich retten können,
hättest du ewig gelebt.

Summer

14.10.2011 - 02.04.2025

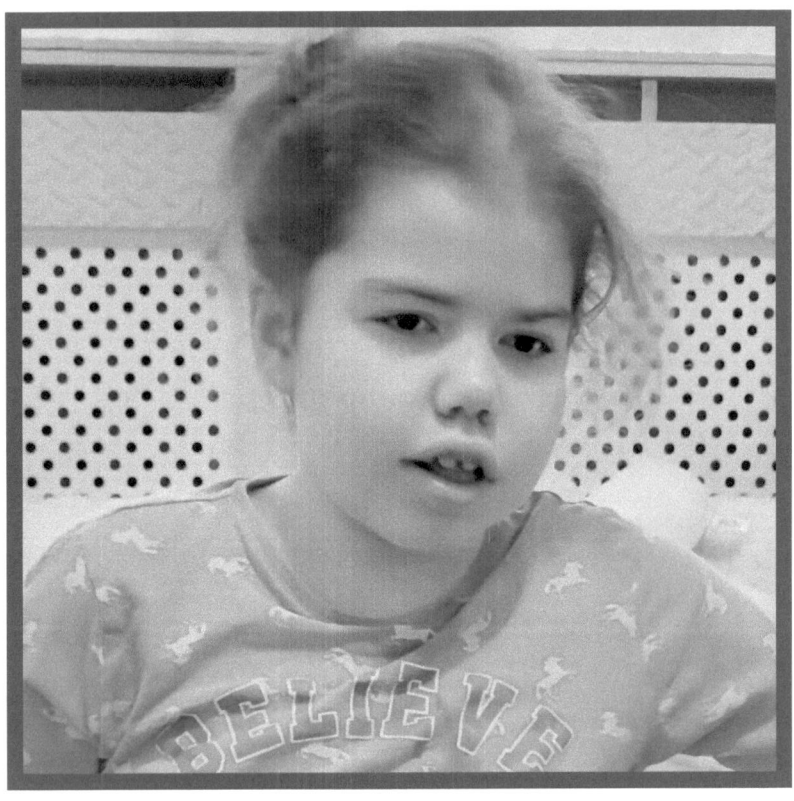

Jedes Leben ist wertvoll.

Egal wie kurz, wie still oder wie besonders es verläuft – jedes Leben hinterlässt Spuren. Es ist nicht die Dauer, die zählt, sondern die Tiefe, mit der es andere berührt.

Manche Menschen schreien die Welt mit ihrem Dasein an, andere flüstern – und doch hallt ihr Sein in unseren Herzen ewig nach.

Ein Leben, das geliebt wird, ist niemals bedeutungslos. Es verändert uns, lässt uns wachsen, schenkt uns Stärke, Mitgefühl und die Erkenntnis, dass wahre Größe oft in den kleinsten Momenten liegt.

Jedes Leben ist ein Geschenk. Und jedes einzelne ist es wert, gesehen, geehrt und erinnert zu werden.

Danksagung

Ich danke meiner Tochter Summer Angel,

Ja, ich schreibe ganz bewusst zum ersten Mal ihren Zweitnamen, denn ich habe ihn erst nach ihrem Tod wirklich verstanden. Mit ihrem Tod kam der Sommer.
Tagelang schien die Sonne, als wolle sie uns wärmen, trösten, umarmen. Summer brachte den Sommer in unser Leben – jeden einzelnen Tag. Sie war unser Licht. Unsere Hoffnung.
Unser ganz persönliches Wunder.
Ich danke ihr, dass sie uns als ihre Eltern ausgewählt hat.
Ich danke ihr, dass sie mir gezeigt hat, wie kostbar das Leben ist – und dass sie uns allen bewiesen hat: Jedes Leben ist wertvoll. Jedes Leben ist lebenswert. Sie hat so viele Herzen berührt, einfach weil sie besonders war. Meine kleine Prinzessin –wir werden dich niemals vergessen.
Du wirst für immer in uns weiterleben. Wir werden deine Geschichte in die Welt tragen, so lange wir atmen –
mit jeder Träne, mit jedem Lächeln, mit jedem Herzschlag.
Du warst das Leben. Du warst das Licht. Du warst die Liebe.
Und dieses Gefühl – diese unendliche Liebe – kann uns niemand nehmen.

♥ In ewiger Liebe deine Mama ♥

Danke an meinen Mann,

der mir in allem zur Seite steht –
in den hellsten Momenten, wie auch im tiefsten Schmerz.
Danke, dass ich mit dir dieses magische, manchmal
zerbrechliche, aber immer echte Leben teilen darf.
Deine Stärke war und ist mein Anker.
Du hast mir nie das Gefühl gegeben, schwach zu sein.
Du warst einfach da – immer, wenn ich Halt brauchte.
Du bist der wundervollste Papa, den sich ein Kind wünschen
kann. Und wenn unsere Tochter hätte sprechen können,
dann hätte sie dir jeden Tag gesagt,
wie sehr sie dich liebt.
Ich danke dir von Herzen, dass es dich gibt.
Danke, dass ich dich an meiner Seite habe.

Danke an meine Söhne,

die so oft auf so vieles verzichtet haben –
still, geduldig und mit einem Herzen voller Liebe.
Ihr habt mehr verstanden, als ich je erklären konnte,
und wart da – mit Mitgefühl, Stärke und unerschütterlichem
Vertrauen.
Danke, dass ihr mir Halt gebt,
besonders dann, wenn ich selbst ins Wanken gerate.
Ich bin unendlich stolz auf euch.
Und ich liebe euch – tiefer, als Worte es je sagen könnten.

Liebe Jil,

ich danke dir von Herzen –
für all das, was du für unseren kleinen Wildfang getan hast,
und für alles, was du in ihr bewegt hast.
Du warst mehr als eine Begleiterin –
du warst Licht, Halt und Herzensmensch in einer Zeit,
in der wir genau das gebraucht haben.
Deine Wärme, dein Einfühlungsvermögen und deine echte
Verbindung zu Summer
haben Spuren hinterlassen – bleib genau so, wie du bist.
Du bist etwas ganz Besonderes.

.

Frau Dr. W.,

Sie waren einer der wenigen Menschen,
die uns wirklich gesehen haben – mit offenem Blick und mit
offenem Herzen. Sie haben nicht nur medizinisch begleitet,
sondern mit echtem Mitgefühl und Menschlichkeit gehandelt
Ihr Dasein hat Licht in dunkle Stunden gebracht
und unsere kleine Welt ein Stück heller und hoffnungsvoller
gemacht.
Dafür danken wir Ihnen – von ganzem Herzen.

Herr Dr. S.,

Sie standen an unserer Seite, wenn die Welt um uns schwankte,
und gaben uns Halt – in jeder noch so schweren Zeit. Mit
bewundernswerter Geduld und einem offenen Ohr waren Sie für
uns da – ganz gleich, wie voll Ihre Praxis war oder wie turbulent
der Alltag auch wurde. Ihre Fürsorge, Ihre Ruhe und Ihr
Mitgefühl haben uns oft mehr getragen, als Worte sagen können.
Danke – von Herzen – für alles.

Liebe Anne,

ich weiß gar nicht, wo ich anfangen soll –
denn was du für uns getan hast, lässt sich kaum in Worte
fassen. Du hast unsere Welt auf den Kopf gestellt – im
allerbesten Sinne. Du warst da, als vieles zu wanken begann.
Hast uns aufgefangen, begleitet, gestärkt.
Du hast uns gezeigt, wie viel Kraft in uns steckt –
selbst dann, wenn wir sie kaum noch spüren konnten.
Für Summer warst du so viel mehr als eine Therapeutin.
Du warst ihr Anker, ihr Licht, ihre stille Heldin.
Und für uns: ein Geschenk, ein Fels in der Brandung –
der wichtigste Engel, den uns das Leben an die Seite gestellt hat.
Ein einfaches „Danke" reicht nicht aus –
aber wir sagen es dennoch:
Danke. Aus tiefstem Herzen. Für alles.

Danke an unsere Freunde und Familie,

die uns getragen haben – in Momenten, in denen wir selbst
kaum stehen konnten. Die uns mit ihrer Liebe, ihrer Zeit und
ihren offenen Herzen begleitet haben.
Die da waren, ohne große Worte – einfach da.
Die zugehört, mitgefühlt, mitgeweint und mitgehofft haben.
Danke für eure bedingungslose Nähe, für jedes liebevolle Wort,
jede helfende Hand, für eure Kraft, wenn uns unsere eigene
fehlte. Danke, dass ihr uns nie habt vergessen – und dass ihr
Summer nie vergesst. Eure Liebe war unser Rückhalt – und ist es
bis heute.

Danke an all die wundervollen Ärztinnen und Ärzte,

an die einfühlsamen Krankenschwestern und Krankenpfleger,
an Lehrerinnen, Erzieherinnen, Therapeuten und Versorger –
an all jene, die uns begleitet, gestärkt und getragen haben.
Danke, dass ihr mitfühltet, wo andere wegsahen.
Danke für eure Geduld, eure Fürsorge und euren
unermüdlichen Einsatz. Ihr habt uns das Leben ein kleines
Stück leichter gemacht – und unserer Tochter so oft ein Stück
mehr Lebensqualität geschenkt.
Eure Menschlichkeit war ein Licht in dunklen Stunden.
Dafür danken wir euch – von ganzem Herzen.